STEPHEN KING THE GREEN MILE Teil 2

BASTEI LÜBBE

STEPHEN KING
im BASTEI-LÜBBE-Taschenbuchprogramm:

THE GREEN MILE
13 950 Teil 1 Der Tod der jungen Mädchen
13 951 Teil 2 Die Maus im Todesblock

13 001 Feuerkind
13 008 Shining
13 035 Cujo
13 043 Trucks – Filmerzählungen
13 088 Katzenauge – Filmerzählungen
13 121 Carrie
13 160 Nachtschicht – Erzählungen
13 299 Der Werwolf von Tarker Mills – Kalendergeschichten
13 411 The Stand

THE GREEN MILE
Teil 2

STEPHEN KING

DIE MAUS IM TODESBLOCK

Ins Deutsche übertragen
von Joachim Honnef

BASTEI LÜBBE

BASTEI-LÜBBE-TASCHENBUCH
Band 13 951

Erste Auflage:
April 1996

Deutsche Lizenzausgabe 1996
Bastei-Verlag
Gustav H. Lübbe GmbH & Co.,
Bergisch Gladbach
Originaltitel: The Green Mile –
The Mouse on the Mile
Titelbild: © Copyright 1996
by Mark Gerber
Umschlaggestaltung:
Quadro Grafik, Bensberg
Satz: Digital-Offset-Druck
W. Steckstor, Bensberg
Druck und Verarbeitung:
Elsnerdruck, Berlin
Printed in Germany

ISBN 3-404-13951-8

Der Preis dieses Bandes
versteht sich einschließlich der
gesetzlichen Mehrwertsteuer.

1

Das Pflegeheim, in dem ich die letzten t-Striche und i-Punkte setze, heißt Georgia Pines. Es ist ungefähr sechzig Meilen von Atlanta und so an die hundert Lichtjahre vom Leben der meisten Menschen entfernt – sagen wir mal der meisten Menschen unter achtzig. Sie, die das hier lesen, sollten aufpassen, daß Sie später nicht an einem solchen Ort landen. Es ist kein grausamer Ort, jedenfalls meistens nicht. Es gibt Kabelfernsehen, das Essen ist gut (obwohl man verdammt wenig kauen kann), aber auf seine Weise ist er ein Pulverfaß, wie es der Block E im Staatsknast Cold Mountain war.

Es gibt dort sogar einen Typen, der mich ein wenig an Percy Wetmore erinnert, der den Job in der Green Mile bekam, weil er mit dem Gouverneur verwandt war. Ich bezweifle, daß dieser Knabe hier mit jemand Wichtigem verwandt ist, obwohl er sich so aufführt. Brad Dolan heißt er. Er kämmt sich ständig das Haar, wie Percy es tat, und er hat immer etwas zu lesen in seiner Gesäßtasche. Während es bei Percy Magazine wie *Argosy* und *Men's Adventure* waren, hat Brad diese kleinen Taschenbücher mit den bezeichnenden Titeln wie *Derbe Witze* oder *Schwarzer Humor*. Er fragt ständig die Leute, warum Franzosen bei Rot über die Kreuzung gehen oder wie viele Polacken man braucht, um eine Glühbirne einzuschrauben, oder wie viele Sargträger es bei einer Beerdigung in Harlem gibt. Wie Percy ist

Brad ein Blödmann, der nur etwas lustig findet, wenn es boshaft ist.

Etwas, das Brad neulich sagte, kam mir wirklich gescheit vor, aber ich rechne ihm das nicht als Verdienst an; selbst eine stehengebliebene Uhr geht zweimal am Tag richtig, wie das Sprichwort sagt. »Du hast einfach Glück, daß du nicht diese Alzheimer Krankheit hast, Paulie«, sagte er. Ich hasse es, wenn er mich Paulie nennt, aber das läßt er einfach nicht sein. Ich habe es aufgegeben, mir das zu verbitten. Es gibt noch andere Redensarten – keine richtigen Sprichwörter –, die auf Brad Dolan passen: ›Man kann ein Pferd zum Wasser führen, es jedoch nicht zum Saufen zwingen‹ ist eine dieser Redensarten. ›Man kann ihn herausputzen, aber nicht mit ihm ausgehen‹ ist eine andere. Ja, Brad ist ein Schwachkopf wie Percy.

Als er die Bemerkung über Alzheimer machte, wischte er den Boden im Solarium auf, wo ich mir gerade die Seiten ansah, die ich schon geschrieben hatte. Es waren sehr viele, und ich denke, es werden jede Menge mehr, bis ich fertig bin.

»Alzheimer, weißt du wirklich, was das ist?« fragte er.

»Nein«, erwiderte ich, »aber du wirst es mir bestimmt sagen, Brad.«

»Das ist AIDS für alte Leute«, scherzte er, und dann brach er in Gelächter aus. Haha-haha-haha-*haaah*, wie er das immer bei seinen idiotischen Witzen macht.

Ich lachte nicht, denn seine Worte hatten

irgendwo einen Nerv bei mir getroffen. Nicht, daß ich Alzheimer habe, obwohl ich hier im schönen Georgia Pines viel davon sehe. Ich leide nur an den typischen Gedächtnisschwächen eines alten Knackers. Diese Probleme haben mehr mit *wann* als mit *was* zu tun. Beim Durchblättern dessen, was ich bis jetzt geschrieben habe, gewinne ich den Eindruck, daß ich mich an alles *erinnere,* was 1932 geschah; nur die Reihenfolge bringe ich manchmal durcheinander. Aber wenn ich aufpasse, kann ich wohl selbst das auf die Reihe bringen.

John Coffey kam zu Block E und der Green Mile im Oktober 1932, zum Tode verurteilt, weil er die neunjährigen Detterick-Zwillinge ermordet hatte. Das ist mein Orientierungspunkt, und wenn ich den im Auge behalte, sollte ich prima zurechtkommen. William ›Wild Bill‹ Wharton kam nach Coffey; Delacroix war vor ihm da. Ebenso die Maus, die von Brutus Howell – ›Brutal‹ für seine Freunde – Steamboat Willy und von Delacroix schließlich Mr. Jingles genannt wurde.

Wie auch immer Sie sie nennen, die Maus kam zuerst, sogar vor Del – es war noch Sommer, als sie auftauchte, und wir hatten zwei weitere Gefangene auf der Green Mile: den Chief, Arlen Bitterbuck, und den Präsidenten, Arthur Flanders.

Diese Maus. Diese gottverdammte Maus.

Delacroix liebte sie, aber Percy Wetmore mochte sie kein bißchen.

Percy haßte sie von Anfang an.

2

Die Maus kehrte ungefähr drei Tage später zurück, nachdem sie von Percy zum erstenmal über die Green Mile – der Korridor zum heißen Stuhl, benannt nach dem grünen Linoleumboden – gejagt worden war. Dean Stanton und Bill Dodge unterhielten sich über Politik – was in jenen Tagen bedeutete, daß sie über Roosevelt und Hoover sprachen – Herbert, nicht J. Edgar. Sie aßen Ritz-Kräcker aus einer Schachtel, die Dean bei dem alten Toot-Toot vor circa einer Stunde gekauft hatte. Percy stand auf der Türschwelle vom Büro und übte schnelles Zücken seines geliebten Schlagstocks, während er zuhörte. Er zog den Schlagstock aus diesem albernen handgearbeiteten Halfter, das er irgendwo aufgetrieben hatte, wirbelte ihn um die Hand (oder versuchte es, meistens wäre der Knüppel hinuntergefallen, wenn er ihn nicht mit einer Lederschlaufe am Handgelenk gesichert hätte) und schob ihn dann ins Halfter zurück. Ich hatte in dieser Nacht frei, aber Dean berichtete mir am folgenden Abend alle Einzelheiten.

Die Maus kam über die Green Mile wie zuvor. Sie hopste heran, stoppte und schien die leeren Zellen zu überprüfen. Nach einer Weile sprang sie unverzagt weiter, als hätte sie die ganze Zeit gewußt, daß es eine lange Suche werden würde, der sie aber gewachsen war.

Der Präsident war zu dieser Zeit wach und stand an der Zellentür. Dieser Typ schaffte es, sogar in seinem Knastblau piekfein auszusehen. Wir wußten allein durch sein Aussehen, daß er nicht für den elektrischen Stuhl bestimmt war, den wir Old Sparky nannten, und wir hatten recht – keine Woche nach Percys zweiter Jagd auf diese Maus wurde das Todesurteil für den Präsidenten in lebenslänglich umgewandelt, und er gesellte sich zu den normalen Knastbrüdern.

»Hey!« rief er. »Hier ist ´ne Maus! Was ist das eigentlich für ´ne Bruchbude?« Er lachte dabei, aber Dean meinte, er klang auch empört, als hätte selbst eine Mordanklage nicht ganz gereicht, um die Arroganz aus seiner Seele zu vertreiben. Er war der Regionalleiter einer Immobilienfirma namens Mid-South Realty Associates gewesen und hatte sich für clever genug gehalten, ungestraft seinen halb senilen Vater aus einem Fenster im dritten Stock zu werfen und die Lebensversicherung – die doppelte Summe für Unfalltod – zu kassieren. In diesem Punkt hatte er sich geirrt, aber vielleicht nicht sehr.

»Halt die Klappe, du Scheißer«, sagte Percy, aber das kam ziemlich automatisch. Sein Blick war auf die Maus gerichtet.

Er hatte seinen Schlagstock ins Halfter zurückgeschoben und eins seiner Magazine hervorgeholt, aber jetzt warf er es auf das Pult des Wachhabenden und zog den Schlagstock wieder aus dem Leder.

Er klopfte mit dem Knüppel lässig gegen die Knöchel seiner linken Hand.

»Hurensohn«, sagte Bill Dodge. »Ich habe hier noch nie ´ne Maus gesehen.«

»Ah, die ist richtig nett«, gab Dean zurück. »Und hat überhaupt keine Angst.«

»Woher weißt du das?«

»Der Mausebengel war schon ein paarmal in der Nacht hier. Percy hat ihn ebenfalls gesehen. Brutal nennt ihn Steamboat Willy.«

Percy schnaubte bei diesen Worten, aber im Augenblick hielt er die Klappe. Er klopfte jetzt schneller mit dem Schlagstock auf seinen linken Handrücken.

»Sieh dir die Maus genau an«, sagte Dean. »Sie ist schon mal bis zum Pult gekommen. Ich will sehen, ob sie es wieder macht.«

Das tat sie, wobei sie einen weiten Bogen um den Präsidenten machte, als passe ihr der Geruch des Vatermörders nicht. Die Maus überprüfte zwei der leeren Zellen, lief in einer sogar auf die kahle Pritsche ohne Matratze und schnüffelte, bevor sie zur Green Mile zurückkehrte. Und Percy stand die ganze Zeit da, klopfte und klopfte, sagte zur Abwechslung mal nichts, wollte, daß die Maus ihre Rückkehr bereute. Wollte ihr eine Lektion erteilen.

»Gut, daß ihr Jungs sie nicht auf Old Sparky grillen müßt«, meinte Bill hämisch. »Da hättet ihr höllisch zu tun, sie an die Klammern anzuschließen und ihr die Kappe aufzusetzen.«

Percy schwieg immer noch, aber er packte den Schlagstock langsam fester und hielt ihn, wie ein Zigarrenraucher eine gute Zigarre hält.

Die Maus stoppte wie zuvor dicht vor dem Wachpult, und sie schaute zu Dean auf wie ein Gefangener vor der Richterbank.

Ihr Blick schweifte kurz zu Bill hinauf, dann wandte sie ihre Aufmerksmkeit wieder Dean zu. Percy war anscheinend Luft für sie.

»Er ist ein tapferer kleiner Bastard, das muß man ihm lassen«, sagte Bill. Er hob die Stimme ein wenig. »Hey! Hey! Steamboat Willy!«

Die Maus zuckte leicht zusammen und spitzte die Ohren, aber sie ergriff nicht die Flucht und zeigte keinerlei Anzeichen, daß sie abhauen wollte.

»Seht euch das jetzt mal an«, sagte Dean, der sich daran erinnerte, wie Brutal die Maus mit einem Stück seines Cornedbeefbrötchens gefüttert hatte. »Ich weiß nicht, ob er es wieder tun wird, aber ...«

Er brach ein Stückchen vom Ritz-Kräcker ab und warf es der Maus hin.

Sie schaute ein oder zwei Sekunden mit ihren scharfen schwarzen Augen auf den orangefarbenen Bissen, und ihre Schnurrbarthärchen zuckten, als sie daran schnüffelte. Dann nahm sie das Stückchen Kräcker zwischen die Pfoten, setzte sich auf und begann daran zu knabbern.

»Mann, das kann doch nicht wahr sein!« rief Bill. »Ißt so manierlich wie ein Pfaffe am Samstagabend im Gemeindehaus!«

»Sieht für mich eher aus wie ein Nigger, der ´ne Wassermelone frißt«, bemerkte Percy, aber keiner der Wärter beachtete ihn. Ebenso wenig wie der Chief oder der Präsident, was das anbetraf.

Die Maus verspeiste das Stück Kräcker, blieb aber auf dem eingezogenen Schwanz hocken, auf dem sie zu balancieren schien, und schaute zu den Riesen in Blau hinauf.

»Laß mich mal«, sagte Bill. Er brach ein weiteres Stück Kräcker ab, neigte sich über das Wachpult und ließ das Stück vorsichtig fallen. Die Maus schüffelte, rührte es jedoch nicht an.

»Muß satt sein«, sagte Bill.

»Quatsch«, wandte Dean ein. »Sie weiß, daß du ein Springer bist, das ist alles.«

»Springer, ich? Na, das gefällt mir! Ich arbeite hier fast so oft wie Harry Terwilliger! Vielleicht sogar öfter!«

»Reg dich ab, Alter, reg dich ab«, erwiderte Dean grinsend. »Aber paß auf und guck, ob ich nicht recht habe.« Er warf ein anderes Stück Kräcker vor das Wachpult. Und tatsächlich nahm die Maus es zwischen die Pfoten und begann wieder zu essen. Bill Dodges Spende ignorierte sie völlig. Aber bevor sie mehr als ein oder zwei kleine Appetithäppchen vertilgen konnte, warf Percy seinen Schlagstock wie einen Speer nach ihr.

Die Maus war ein kleines Ziel, und das mußte man Percy lassen, es war ein verdammt guter Wurf, der ›Willy‹ vielleicht enthauptet hätte, wenn seine Reflexe nicht so blitzschnell gewesen wären. Die Maus duckte sich – ja, genau wie ein Mensch es getan hätte – und ließ den Bissen Kräcker fallen.

Der schwere Hickoryschlagstock sauste über ihren Kopf und die Wirbelsäule, so dicht, daß das Fell vom Luftzug aufgeplustert wurde (das sagte Dean jedenfalls, und so gebe ich es weiter, obwohl ich mir nicht sicher bin, ob ich es wirklich glaube), knallte dann auf das grüne Linoleum und prallte von dort aus gegen die Gitterstäbe einer leeren Zelle. Die Maus wartete nicht ab, um festzustellen, ob es ein Versehen gewesen war; anscheinend erinnerte sie sich an einen dringenden Termin irgendwo, machte kehrt und flitzte den Gang hinunter zu der Gummizelle.

Percy schrie frustriert auf – er wußte, wie nahe er an einem Volltreffer dran gewesen war – und raste hinter der Maus her. Bill Dodge wollte ihn am Arm festhalten, vielleicht instinktiv, aber Percy riß sich los und hetzte weiter. Trotzdem, sagte Dean, vermutlich rettete diese kurze Verzögerung Steamboat Willy das Leben, das immer noch akut gefährdet war. Percy wollte die Maus nicht nur killen, sondern zu Mus *zerquetschen*, und so rannte er in großen, komischen Sprüngen wie ein Hirsch hinterher und stampfte mit seinen schweren Arbeitsschuhen über den Gang.

Die Maus konnte Percys letzten beiden Sprüngen gerade noch ausweichen, indem sie im Zickzack lief. Mit einem letzten Zucken des langen pinkfarbenen Schwanzes tauchte sie unter der Tür hinweg, und war – bye-bye , Fremder – verschwunden.

»Scheiße«, schrie Percy und schlug mit der flachen Hand gegen die Tür. Dann begann er seine Schlüssel zu sortieren, offenbar mit der Absicht, die Gummizelle aufzuschließen und die Jagd fortzusetzen.

Dean schritt über den Gang zu ihm, absichtlich langsam, um seine Gefühle unter Kontrolle zu bekommen. Ein Teil von ihm wollte Percy auslachen, berichtete er mir, aber ein anderer Teil wollte den Kerl packen, herumwirbeln, ihn gegen die Tür der Zelle nageln und die Scheiße aus ihm herausschlagen. Natürlich war das hauptsächlich auf sein Erschrecken zurückzuführen; unser Job in Block E bestand darin, Krawall auf ein Minimum zu beschränken, und Krawall war praktisch Percy Wetmores zweiter Vorname. Die Arbeit mit ihm glich in etwa dem Versuch, eine Bombe zu entschärfen, während jemand hinter einem steht und dann und wann die Teller eines Beckens gegeneinander schmettert. Mit anderen Worten – entnervend. Dean erzählte, er konnte diese Genervtheit in Arlen Bitterbucks Augen sehen – sogar in den Augen des Präsidenten, obwohl dieser Gentleman für gewöhnlich so kalt wie Eis war.

Und da war noch etwas. Im Unterbewußtsein akzeptierte Dean die Maus bereits als – nun, vielleicht nicht als Freund, aber als einen Teil des Lebens im Block. Das machte das, was Percy getan hatte und zu tun versuchte, zu etwas Unrechtem. Auch wenn es eine Maus war, der er etwas antun wollte. Und die Tatsache, daß Percy nie verstehen würde, warum sein Tun etwas Unrechtes war, zeigte beispielhaft, warum er nicht für die Arbeit taugte, die er glaubte, bewältigen zu können.

Als Dean das Ende des Korridors erreichte, hatte er sich wieder unter Kontrolle und wußte, wie er die Sache schaukeln wollte.

Percy konnte es nicht ertragen, sich vor anderen lächerlich zu machen, und wir alle wußten das.

»Wieder ausgetrickst«, stellte Dean fest, grinste ein bißchen und sah Percy schadenfroh an.

Percy bedachte ihn mit einem bösen Blick und wischte sich eine Haarsträhne aus der Stirn.

»Paß auf, was du sagst, Brillenschlange. Ich bin gereizt. Mach es nicht noch schlimmer.«

»Du willst wieder alles umräumen, wie?« fragte Dean, wobei er nur mit den Augen lachte. »Nun, wenn du diesmal alles aus der Zelle geräumt hast, würde es dir etwas ausmachen, den Boden aufzuwischen?«

Percy schaute auf die Tür. Schaute auf seine Schlüssel. Dachte an ein weiteres langes, heißes, fruchtloses Herumwühlen in dem Raum mit den Gummiwänden, während alle herumstanden und zuschauten ... auch der Chief und der Präsident.

»Ich verstehe verdammt noch mal nicht, was so lustig ist«, sagte er. »Wir brauchen keine Mäuse im Block – wir haben bereits genug Ungeziefer hier, da können wir gut auf Mäuse verzichten.«

»Wie du meinst, Percy«, antwortete Dean und hob beschwichtigend die Hände. Am nächsten Abend erzählte er mir, daß er einen Moment lang befürchtet hatte, Percy würde auf ihn losgehen.

Bill Dodge schlenderte herbei und glättete die Wogen. »Den hast du fallen lassen«, sagte er und überreichte Percy den Schlagstock. »Ein kleines bißchen tiefer, und du hättest dem kleinen Bastard das Genick zerschmettert.«

Bei diesen Worten schwoll Percys Brust an. »Ja, das war kein schlechter Wurf«, meinte er und schob sorgfältig seinen Schädelbrecher in das alberne Halfter. »Ich war Werfer im High-School-Team. Durch meine guten Würfe wurden wir Baseballmeister.«

»Tatsächlich?« fragte Bill in respektvollem Tonfall (obwohl er Dean zuzwinkerte, als sich Percy abwandte), und das reichte, um die Lage zu entschärfen.

»Ja«, sagte Percy. »Ich habe sogar mal jemanden bei den Profis in Knoxville niedergeworfen. Diese Stadtjungs wußten gar nicht, was sie getroffen hatte. Wäre ein perfektes Match gewesen, wenn der Läufer nicht so ein lahmes Arschloch gewesen wäre.«

Dean hätte es dabei belassen können, aber er hatte ein höheres Dienstalter als Percy, und eine Aufgabe, die einem Dienstälteren zusteht, ist es, den noch Unerfahrenen etwas beizubringen, und zu dieser Zeit – vor Coffey, vor Delacroix – dachte er immer noch, Percy wäre vielleicht lernfähig. So packte er Percy am Handgelenk. »Du solltest mal überlegen, was du soeben getan hast«, sagte Dean. Er erklärte mir später, er wollte ernst, aber nicht mißbilligend klingen. Jedenfalls nicht *zu* mißbilligend.

Doch bei Percy klappte das nicht. Er mochte nicht lernen ... aber das lernten wir erst mit der Zeit.

»Hey, Brillenschlange, ich weiß, was ich getan habe – ich habe versucht, diese Maus zu erledigen! Bist du blind oder was?«

»Du hast aber auch Bill, mich und die anderen erschreckt«, erwiderte Dean und wies in die Richtung von Bitterbuck und Flanders.

»Na und?« fragte Percy und richtete sich auf. »Die sind hier nicht im Kindergarten, falls du das noch nicht bemerkt hast. Auch wenn ihr sie meistens so behandelt.«

»Nun, *ich* mag es nicht, so erschreckt zu werden«, grummelte Bill, »und ich arbeite hier, Wetmore, falls du es noch nicht gemerkt hast. *Ich* bin keiner deiner beschissenen Knastbrüder.«

Percy schaute ihn aus schmalen Augen und mit einer Spur von Unsicherheit an.

»Und wir erschrecken sie nicht mehr als nötig, weil sie unter starker Anspannung stehen«, ergänzte Dean. Er sprach immer noch leise. »Leute, die unter starker Anspannung stehen, können durchdrehen. Sich selbst etwas antun. Anderen etwas antun. Manchmal können auch Leute wie wir durch sie in Schwierigkeiten geraten.«

Um Percys Mund zuckte es. ›In Schwierigkeiten geraten‹ war eine Vorstellung, die ihm nicht behagte. ›Schwierigkeiten machen‹ war in Ordnung, selbst in welche zu geraten war nicht in Ordnung.

»Unser Job ist reden, nicht brüllen«, sagte Dean. »Wer Gefangene anbrüllt, hat die Kontrolle über sich verloren.«

Percy wußte, wer dieses ›Gebot‹ aufgestellt hatte – ich. Der Boß. Es gab keine Liebe zwischen Percy Wetmore und Paul Edgecombe, und dies war noch im Sommer, vergessen Sie das nicht – lange bevor die wirklichen Festlichkeiten begannen. »Du wirst deine Sache besser machen, wenn du dies hier als Intensivstation eines Krankenhauses betrachtest. Da fährt man am besten, wenn man ruhig bleibt . . .«

»Ich betrachte es als einen Eimer Pisse, in dem man Ratten ersäuft«, erwiderte Percy. »Und jetzt laß mich in Ruhe.«

Er riß sich von Deans Hand los, trat zwischen Dean und Bill und stolzierte mit gesenktem Kopf über den Gang davon. Er geriet etwas zu nahe an die Seite der Präsidentenzelle – so nahe, daß Flanders ihn hätte schnappen und ihm vielleicht den Schädel mit seinem eigenen geliebten Schlagstock hätte einschlagen können, wenn er dieser Typ gewesen wäre. Das war er natürlich nicht, aber der Chief war es vielleicht. Wenn der Chief eine Gelegenheit bekommen hätte, dann hätte er Percy vermutlich den Schädel eingeschlagen, nur um ihm eine Lektion zu erteilen.

Was Dean zu diesem Thema sagte, als er mir diese Geschichte am nächsten Abend erzählte, habe ich seither nie vergessen, denn es erwies sich als eine Art Weissagung.

»Wetmore versteht nicht, daß er keinerlei Macht über sie hat«, sagte Dean. »Daß nichts, was er tun kann, die Dinge für sie wirklich verschlechtert, weil sie nur einmal hingerichtet werden können. Solange er das nicht rafft, ist er eine Gefahr für sich selbst und für jeden anderen hier.«

Percy ging in mein Büro und knallte die Tür hinter sich zu.

»Allmächtiger«, stöhnte Bill Dodge. »Der ist

wie ein geschwollenes und entzündetes Ei vom Sack.«

»Das ist noch stark untertrieben«, sagte Dean.

»Ach, sieh die Sache doch mal positiv«, sagte Bill. Er forderte die Leute stets zum positiven Denken auf; das ging einem so auf den Geist, daß man ihm jedesmal am liebsten die Nase breitgeschlagen hätte, wenn er damit anfing. »Deine Zaubermaus ist immerhin entkommen.«

»Ja, aber wir werden sie nicht mehr sehen«, sagte Dean. »Ich kann mir vorstellen, daß der verdammte Percy Wetmore sie diesmal für immer verjagt hat.«

3

Das war logisch, aber falsch. Schon am nächsten Abend kehrte die Maus zurück, genau am ersten der beiden freien Abende, die Percy zustanden, bevor er in die Nachtschicht wechselte.

Steamboat Willy tauchte gegen sieben Uhr auf. Ich war dort und sah seine Rückkehr, und Dean war ebenfalls dabei. Auch Harry Terwilliger. Harry saß am Wachpult. Ich hatte eigentlich Tagschicht, war aber länger dort geblieben, um eine zusätzliche Stunde mit Chief Bitterbuck zu verbringen, dessen Hinrichtung nahte.

Bitterbuck war äußerlich stoisch, wie es der Tradition seines Stammes entsprach, aber ich sah die Furcht vor dem Ende in ihm wie eine giftige Blume wachsen. So sprachen wir miteinander. Man konnte mit ihnen tagsüber reden, aber das war nicht so gut, weil Rufe und Unterhaltungen (ganz zu schweigen von gelegentlichem Lärm bei Schlägereien) vom Hof herüberdrangen, das Stampfen der Maschinen in der Schlosserei und hin und wieder die Schreie eines Wärters zu hören waren – nimm diese Hacke, oder leg jene Harke weg, oder beweg deinen faulen Arsch, Harvey. Nach vier Uhr am Nachmittag wurde es ein wenig besser und nach sechs Uhr noch besser. Die Zeit von sechs bis acht Uhr war optimal. Danach spürte man, daß sich die düsteren Gedanken wieder in ihre Gehirne stahlen – man sah es in ihren Augen so deutlich wie den Schatten eines Nachmittagsbarts –, und dann gab man am besten auf. Sie hörten noch, was man sagte, aber es ergab keinen Sinn mehr für sie. Nach acht Uhr dachten sie an die schlaflose Nacht und ihre Schrecken, sie stellten sich vor, wie sich die Kappe anfühlen würde, wenn sie auf ihrem Kopf befestigt wurde, und wie die Luft in der schwarzen Kapuze riechen würde, die über ihr schweißnasses Gesicht gestreift wurde.

Aber ich erwischte den Chief zu einer guten Zeit. Er erzählte mir von seiner ersten Squaw und wie sie zusammen eine Hütte oben in Montana gebaut hatten. Das waren die glücklichsten Tage seines Lebens gewesen, sagte er. Das Wasser war so rein und so kalt, daß man jedesmal, wenn man davon trank, das Gefühl hatte, sich in den Mund zu schneiden.

»Hey, Mr. Edgecombe«, sagte er. »Meinen Sie, wenn ein Mann ehrlich bereut, was er falsch gemacht hat, daß er vielleicht in die Zeit zurückkehren darf, die seine glücklichste war, um dort für immer zu leben? Könnte so der Himmel sein?«

»Genau das glaube ich«, antwortete ich, was eine Lüge war, die ich nicht im geringsten bereute. Ich hatte auf dem hübschen Knie meiner Mutter viele Dinge über die Ewigkeit gelernt, und ich glaube, was die Heilige Schrift über Mörder sagt – daß es kein ewiges Leben für sie gibt. Ich denke, sie gehen schnurstracks zur Hölle, wo sie qualvoll verbrennen, bis Gott schließlich Gabriel mit einem Nicken auffordert, die Posaune des Jüngsten Gerichts zu blasen. Wenn er das tut, schließen sie die Augen ... und sind vermutlich froh, daß sie es hinter sich haben. Aber ich gab nie eine Spur von diesem Glauben an Bitterbuck oder einen der anderen preis. Ich nehme an, daß sie es tief in ihrem Herzen wußten. Wo ist dein Bruder? Sein Blut wird über dich kommen, sagte Gott zu Kain, und ich bezweifle, daß die Worte für dieses besondere Problemkind sehr überraschend waren. Ich wette, er hörte Abels Blut bei jedem seiner Schritte aus der Erde zu ihm wimmern.

Der Chief lächelte, als ich ihn verließ. Vielleicht dachte er an seine Hütte in Montana und an seine Squaw, die mit nackten Brüsten im Schein des Feuers lag. Er würde bald in ein wärmeres Feuer wandern, da gab es für mich keinen Zweifel.

Ich ging über den Gang zurück, und Dean erzählte mir von seiner Meinungsverschiedenheit mit Percy in der vergangenen Nacht. Ich glaube, Dean hatte auf mich gewartet, damit er mir davon berichten konnte, und ich hörte aufmerksam zu. Beim Thema Percy hörte ich immer aufmerksam zu, denn ich stimmte mit Dean hundertprozentig überein – ich fand, daß Percy der Typ war, der eine Menge Probleme machen konnte, sowohl uns allen als auch sich selbst.

Als Dean zu Ende erzählt hatte, kam Toot-Toot mit seinem roten Imbißwagen vorbei, den er mit handgeschriebenen Bibelzitaten beklebt hatte (›VERGELTET ihr also Jehova, du törichtes und unweises Volk?‹, Fünftes Buch Mose. ›Und wahrlich, nach eurem BLUT, nach euren Seelen, werde ich fordern‹, Erstes Buch Mose, und ähnlich heitere, aufmunternde Gedanken). Toot-Toot verkaufte uns einige belegte Brötchen und Popcorn. Während Dean nach Kleingeld in seiner Tasche suchte, sagte er, wir würden Steamboat Willy nicht mehr sehen, dieser verdammte Percy Wetmore hätte ihn für immer verjagt, da krächzte Toot-Toot: »Was ist denn das da?«

Wir schauten hin, und da kam die Maus der Stunde höchstpersönlich mitten auf der Green Mile entlang. Sie hopste ein Stück näher, verharrte, schaute sich mit den glänzenden, kleinen schwarzen Augen um und näherte sich dann wieder ein Stück.

»Hey, Maus!« rief der Chief, und die Maus verharrte und schaute ihn an, wobei ihre Barthaare zuckten. Ich sage Ihnen, es war, als hätte das verdammte Ding gewußt, daß es gerufen worden war. »Bist du eine Art Geister-Führer?« Bitterbuck warf der Maus ein Stückchen Käse von seinem Abendessen hin. Es landete direkt vor der Maus, aber Steamboat Willy würdigte es kaum eines Blickes, sondern setzte seinen Weg über die Green Mile fort und schaute in leere Zellen.

»Boß Edgecombe!« rief der Präsident. »Meinen Sie, dieser kleine Bastard weiß, daß Wetmore nicht hier ist? Mir kommt es bei Gott so vor!«

Ich hatte das gleiche Gefühl ... aber ich wollte es nicht laut aussprechen.

Harry kam auf den Gang und zog seine Hose hoch wie immer, wenn er ein paar erfrischende Minuten auf dem Klo verbracht hatte. Er blieb stehen und starrte mit großen Augen auf die

Maus. Toot-Toot starrte ebenfalls, und das schiefe Grinsen machte die untere wabbelige und zahnlose Hälfte seines Gesichts auch nicht schöner.

Die Maus verharrte an der Stelle, die zu ihrem üblichen Rastplatz geworden war, schlang den Schwanz um die Pfoten und schaute uns an. Abermals wurde ich an den Anblick von Richtern erinnert, die hilflose Gefangene verurteilen ... doch hatte es jemals einen so kleinen und furchtlosen Gefangenen gegeben? Sie war natürlich kein wirklicher Gefangener; sie konnte kommen und gehen, wie es ihr beliebte. Doch der Gedanke ließ mich nicht los, und es kam mir wieder in den Sinn, daß die meisten von uns sich so klein fühlen würden, wenn wir uns nach dem Tod Gottes Richtertisch nähern. Aber nur wenige von uns werden es schaffen, so furchtlos zu blicken.

»Allmächtiger!« rief der alte Toot-Toot. »Da sitzt sie, groß wie Billy, der gebraten wird.«

»Du hast das Beste ja noch nicht gesehen, Toot«, sagte Harry. »Schau dir das an.« Er griff in die Brusttasche und holte ein Stück getrockneten Apfel heraus, das in Wachspapier gewickelt war. Er brach ein Stück des nach Zimt duftenden Dörrobstes ab und warf es auf den Boden. Das Stück war trocken und hart, und ich dachte, es würde an der Maus vorbeihüpfen, doch sie streckte eine Pfote aus, so lässig, wie man nach einer Fliege ausholt, um die Zeit totzuschlagen, und schnappte es mühelos. Wir alle lachten bewundernd und überrascht. Bei diesem lautstarken Ausbruch hätte die Maus erschrocken davonhuschen sollen, doch sie zuckte kaum. Sie nahm das Apfelstückchen zwischen die Pfoten, leckte ein paarmal daran, ließ es dann fallen und schaute zu uns auf, wie um zu sagen: Nicht schlecht, aber was habt ihr sonst noch?

Toot-Toot öffnete seinen Karren, nahm ein Sandwich heraus, wickelte das Papier ab und zwackte ein Stück Mortadella ab.

»Gib dir keine Mühe«, sagte Dean.

»Was soll das heißen?« fragte Toot-Toot. »Es gibt keine Maus auf der Welt, die Mortadella verschmäht, wenn sie drankommen kann. »Hast du denn keine Ahnung von Mäusen?«

Aber ich wußte, daß Dean recht hatte, und ich sah Harry am Gesicht an, daß er es ebenfalls wußte. Es gab Springer, und es gab Stammpersonal. Irgendwie kannte die Maus anscheinend den Unterschied. Irre, aber wahr.

Der alte Toot-Toot warf das Stück Mortadella hin, und wirklich, die Maus wollte nichts damit zu tun haben. Sie schnüffelte nur einmal daran und wich dann etwas zurück.

»Nicht zu glauben!« sagte Toot-Toot, und es klang beleidigt.

Ich streckte ihm die Hand hin. »Gib es mir.«

»Was – dasselbe Sandwich?«

»Dasselbe. Ich bezahle dafür.«

Toot-Toot gab es mir. Ich hob die obere Scheibe Weißbrot hoch, riß ein anderes Stückchen Mortadella ab und warf es über das Wachpult hinweg zu der Maus. Die Maus nahm es sofort zwischen die Pfoten und begann zu mampfen. Die Mortadella war im Nu verzehrt.

»Das kann doch nicht wahr sein!« rief Toot-Toot. »Teufel, Teufel! Gib mir das!«

Er nahm mir das Sandwich aus der Hand, riß ein viel größeres Stück Mortadella ab – kein Fitzelchen, sondern diesmal fast die halbe Scheibe – und warf es so nahe zu der Maus, daß Steamboat Willy es fast als Hut getragen hätte. Die Maus zog sich wieder zurück, schnüffelte (keine Maus hatte jemals solch ein üppiges Mahl während der Wirtschaftskrise bekommen – jedenfalls nicht in *unserem* Staat) und blickte dann zu uns auf.

»Los, friß das!« befahl Toot-Toot, und er klang beleidigter denn je. »Was ist mit dir los?«

Dean nahm das Sandwich und warf ein Stückchen Mortadella zu der Maus hin – inzwischen erinnerte das an die merkwürdige Prozedur bei einer Kommunion. Die Maus nahm das Stück Mortadella sofort und schlang es hinunter. Dann drehte sie sich um und marschierte den Gang hinunter zur Gummizelle, wobei sie unterwegs anhielt, um in zwei leere Zellen zu spähen und in einer dritten einen kurzen Inspektionsbesuch zu machen. Mir kam wieder in den Sinn, daß sie jemanden suchte, und diesmal verdrängte ich den Gedanken nicht so schnell.

»Das werde ich keinem erzählen«, beschloß Harry. Er klang halb scherzend, halb ernst. »Erstens würde das niemanden interessieren. Und zweitens würde es niemand glauben.«

»Sie hat nur von euch etwas angenommen!« sagte Toot-Toot und schüttelte ungläubig den Kopf, bückte sich mit seinen alten Knochen, hob auf, was die Maus verschmäht hatte, und schob es in seinen zahnlosen Mund, um es hinunterzuschlingen. »Warum hat sie das getan?«

»Ich habe eine bessere Frage«, sagte Harry. »Woher wußte sie, daß Percy frei hat?«

»Das wußte sie nicht«, sagte ich. »Es war einfach Zufall, daß die Maus heute abend aufgetaucht ist.«

Es wurde im Laufe der Zeit jedoch immer schwieriger, das zu glauben, denn die Maus ließ sich nur blicken, wenn Percy nicht da war, wenn er frei hatte, zu einer anderen Schicht eingeteilt war oder sich in einem anderen Teil des Gefängnisses aufhielt. Wir – Harry, Dean, Brutal und ich – sagten uns, daß sie Percys Stimme oder seinen Geruch kennen mußte. Wir vermieden sorgfältig zuviel Gerede über die Maus – über *ihn*. Wir waren offensichtlich ohne ein Wort der Absprache übereingekommen, daß es etwas Besonderes verderben würde ... und etwas Schönes wegen seiner Fremdheit und Zartheit. Willy hatte uns schließlich in einer Art ausgewählt, die ich selbst jetzt noch nicht verstehe. Vielleicht lag Harry richtig mit seinen Worten, es wäre nicht gut, anderen Leuten davon zu erzählen, nicht nur, weil sie es nicht glauben würden, sondern auch, weil es ihnen gleichgültig wäre.

4

Dann nahte die Hinrichtung von Arlen Bitterbuck, der in Wahrheit kein richtiger Häuptling, sondern Ältester seines Stammes im Washita Reservat und außerdem ein Mitglied des Cherokee Council war. Er hatte sturzbetrunken einen Mann getötet – genauer gesagt waren sie beide betrunken gewesen. Der Chief hatte dem Mann mit einem Zementblock den Schädel eingeschlagen. Es war um ein Paar Stiefel gegangen. Daher wollten am siebzehnten Juli in jenem verregneten Sommer *meine* Stammesältesten sein Leben beenden.

Die Besuchszeit für die meisten Gefangenen in Cold Mountain war so starr wie Stahlträger, aber das galt nicht für unsere Jungs in Block E. So durfte Bitterbuck am sechzehnten in den langen Raum gehen, der an die Cafeteria grenzte – die Arkade. Sie war genau in der Mitte mit Maschendraht und darin eingeflochtenen Streifen von Stacheldraht geteilt. Hier würde der Chief von seiner zweiten Squaw und denjenigen seiner Kinder besucht werden, die noch etwas von ihm wissen wollten. Es war an der Zeit, Abschied zu nehmen.

Er wurde von Bill Dodge und zwei anderen Springern dorthin gebracht. Wir übrigen hatten Arbeit vor uns – eine Stunde mit mindestens zwei Proben. Drei, wenn wir es schaffen konnten.

Percy protestierte nicht, als er für die Bitterbuck-Hinrichtung zu Jack Van Hay in den Schaltraum gesteckt wurde; er war zu unerfahren, um zu wissen, ob man ihm eine gute oder schlechte Stelle zugewiesen hatte. Er wußte nur, daß er durch ein rechteckiges Fenster mit Drahtgeflecht schauen konnte, und obwohl es ihm sicher nichts ausmachte, auf die Rückseite des Stuhls, statt auf die Vorderseite zu blicken, würde er nahe genug sein, um die Funken fliegen zu sehen.

Gleich außerhalb dieses Fensters hing ein schwarzes Wandtelefon ohne Kurbel oder Wählscheibe. Dieses Telefon konnte nur angewählt werden, und zwar ausschließlich von einem Ort aus: dem Büro des Gouverneurs. Ich habe im Laufe der Jahre viele Knastfilme gesehen, in denen das amtliche Telefon klingelt, wenn man gerade den Hebel betätigen will, um irgendeinen armen unschuldigen Trottel zu rösten, aber unseres hat nie geklingelt während all meiner Jahre in Block E, kein einziges Mal. In den Filmen ist die Rettung billig. Ebenso die Unschuld. Man zahlt einen Vierteldollar, und dafür bekommt man sie. Wahres Leben kostet mehr, und meistens fallen die Antworten anders aus.

Wir hatten eine Schneiderpuppe unten im Tunnel für den Transport zu dem Fleischwagen, und wir hatten den alten Toot-Toot für die übrige Probe. Im Laufe der Jahre war Toot-Toot das traditionelle Double für den Todeskandidaten geworden, auf seine Weise altehrwürdig wie der Puter, zu dem man sich Weihnachten an den Tisch setzt, ob man nun Puter mag oder nicht. Die meisten anderen Wärter mochten Toot-Toot, amüsierten sich über seinen lustigen Akzent –

ein bißchen französisch, aber mehr kanadisch als *cajun*, weich geworden durch die Jahre der Einkerkerung im Süden. Sogar Brutal hatte mächtig Spaß an Old Toot. Ich jedoch nicht. Ich fand, daß er auf seine Weise eine ältere und blassere Version von Percy Wetmore war, ein Mann, der zu zimperlich war, um sein Fleisch selbst zu töten und zu braten, der aber den Geruch eines Barbecues einfach *liebte*.

Wir waren für die Übung alle anwesend, wie wir es bei dem richtigen Ereignis sein würden. Brutus Howell war für den ›Innendienst‹ zuständig, wie wir es nannten. Er würde dem Todeskandiaten die Kappe aufsetzen, die Telefonleitung des Gouverneurs überwachen, von seinem Platz an der Wand aus den Arzt rufen, wenn er gebraucht werden sollte, und den Befehl zu Stufe zwei geben, wenn es soweit war. Wenn alles gut verlief, würde sich keiner von uns Lorbeeren verdienen. Wenn es nicht gutging, würde Brutal von den Zeugen und ich vom Direktor zur Schnecke gemacht werden. Keiner von uns beklagte sich darüber; es hätte nichts genutzt. Die Welt dreht sich, das ist alles. Man kann sich ergeben mit ihr drehen oder aufstehen, um zu protestieren und sich von ihr fortwirbeln lassen.

Dean, Harry Terwilliger und ich gingen für die erste Übung in die Zelle von Chief Bitterbuck, kurz nachdem Bill und seine Helfer Bitterbuck aus dem Block und hinüber zur Arkade geführt hatten. Die Zellentür stand offen, und der alte Toot-Toot mit seinem weißen zerzausten Haar setzte sich auf die Pritsche von Chief Bitterbuck.

»Das Laken ist voller Flecken«, bemerkte Toot-Toot. »Er muß versucht haben, es loszuwerden, bevor ihr Jungs ihm die Eier bratet.« Und er kicherte.

»Halt die Klappe, Toot«, sagte Dean. »Laß uns das ernsthaft durchspielen.«

»Okay.« Toot-Toot setzte sofort eine todernste Miene auf. Aber seine Augen funkelten. Nie sah Old Toot-Toot lebendiger aus, als wenn er den Todgeweihten mimte.

Ich trat vor. »Arlen Bitterbuck, als Beamter des Gerichts und des Staates ... blablabla ... habe ich den Vollstreckungsbefehl von blablabla ... zur Hinrichtung um zwölf Uhr am ... blablabla. Treten Sie bitte vor.«

Toot stand von der Pritsche auf. »Ich trete vor, trete vor, trete vor«, sagte er.

»Drehen Sie sich um«, forderte Dean, und als Toot-Toot es tat, untersuchte Dean die schuppigen Haare auf seinem Kopf

Oben auf dem Schädel würde der Chief morgen abend rasiert werden, und Deans Überprüfung würde dann sicherstellen, daß er keine Auffrischung der Rasur brauchte. Stoppeln könnten die Stromzuführung behindern, was die Dinge erschwerte. Alles, was wir heute taten, sollte die Dinge erleichtern.

»In Ordnung, Arlen, gehen wir«, sagte ich zu Toot-Toot, und wir gingen.

»Ich gehe über den Gang, über den Gang, über den Gang«, sagte Toot. Ich flankierte ihn links. Dean ging rechts von ihm. Harry war direkt hinter ihm. Am Ende des Gangs bogen wir rechts ab, fort vom Leben auf dem Gefängnishof und hin zum Tod, wie er im Vorratsraum gestorben wurde. Wir betraten mein Büro, und Toot sank auf die Knie, ohne auf eine Aufforderung zu warten. Er kannte das Drehbuch vermutlich besser als jeder von uns. Gott wußte, daß Toot-Toot länger dort gewesen war als wir alle.

»Ich bete, ich bete, ich bete«, sagte Toot-Toot und hielt die knorrigen Hände hoch. Sie wirkten wie in diesem berühmten Kupferstich, Sie wissen vielleicht, welchen ich meine. »Der Herr ist mein Hirte und so weiter.«

»Wer ist Bitterbucks Geistlicher?« fragte Harry. »Wir werden keinen Cherokee-Medizinmann hier haben, der seinen Schwanz schüttelt, oder?«

»Eigentlich . . .«

»Ich bete, ich bete, ich bete immer noch zu Jesus«, fiel mir Toot-Toot ins Wort.

»Halt die Schnauze, du alter Blödmann«, sagte Dean.

»Ich bete!«

»Dann aber stumm.«

»Wo bleibt ihr, Jungs?« brüllte Brutal aus dem Vorratsraum. Der war ebenfalls für unsere Probe geleert worden. Wir waren wieder in der Todeszone, okay, man konnte es fast riechen.

»Bepiß dich nicht!« brüllte Harry zurück. »Sei nicht so gottverdammt ungeduldig!«

»Ich bete«, wiederholte Toot-Toot und zeigte sein ekelhaftes Totenkopfgrinsen. »Ich bete um Geduld, um ein bißchen gottverdammte Geduld.«

»Eigentlich ist Bitterbuck ein Christ – sagt er«,

erklärte ich den anderen, »und er ist vollkommen glücklich mit dem Baptistenknaben, der für Tillman Clark kam. Schuster heißt er. Ich mag ihn auch. Er ist schnell, und er regt sie nicht so auf. Auf die Füße, Toot. Du hast für heute genug gebetet.«

»Ich gehe«, sagte Toot. »Gehe wieder, gehe wieder, jawohl, Sir, gehe auf der Green Mile.«

Obwohl er so klein war, mußte er sich ein wenig ducken, um durch die Tür auf der fernen Seite des Büros zu gehen. Wir anderen mußten den Kopf noch mehr einziehen. Dies war mit einem echten Gefangenen ein riskanter Moment, aber als ich zu der Plattform hinüberblickte, wo Old Sparky stand, und sah, daß Brutal seine Waffe gezogen hatte, nickte ich zufrieden. Genau richtig.

Toot-Toot ging die Treppe hinab und blieb stehen. Die Klappstühle, ungefähr vierzig, standen bereits an Ort und Stelle. Bitterbuck würde in einem bestimmten Winkel zur Plattform gehen, der ihn in sicherer Entfernung zu den Zuschauern halten würde, und ein halbes Dutzend Wärter würde außerdem für Sicherheit sorgen. Bill Dodge würde die Leitung des Sicherheitstrupps übernehmen. Wir hatten trotz des jeweils bevorstehenden derben Gewaltaktes noch nie einen Zeugen durch einen zum Tode verdammten Gefangenen in Gefahr gebracht ... und dabei wollte ich es belassen.

»Bereit, Jungs?« fragte Toot-Toot, als wir am Fuß der Treppe von meinem Büro wieder die ursprüngliche Formation eingenommen hatten.

Ich nickte, und wir gingen zu der Plattform. Oftmals dachte ich an dieser Stelle, daß wir wie eine Gruppe von Fahnenträgern wirkten, die ihre Fahnen vergessen hatten.

»Was soll *ich* eigentlich tun?« rief Percy hinter dem Maschendrahtfenster zwischen Hinrichtungs- und Schaltraum.

»Schau zu und lerne«, rief ich zurück.

»Und laß die Finger von deiner Wienerwurst«, murmelte Harry leise. Toot-Toot hörte es jedoch und kicherte.

Wir eskortierten ihn auf die Plattform, und Toot drehte sich von selbst um – die Aktion eines alten Hasen. »Hinsetzen«, sagte er. »Hinsetzen, hinsetzen, setze mich auf Old Sparkys Schoß.«

Ich ließ mich vor seinem rechten Bein auf das rechte Knie nieder. Dean sank vor seinem linken Bein auf das linke Knie. Dies war der Punkt, an dem wir am anfälligsten für einen Angriff waren, sollte der Todeskandidat durchdrehen ... was gelegentlich passierte. Wir beide drehten das gebeugte Knie leicht nach innen, um unsere Weichteile zu schützen. Wir senkten unser Kinn, um unsere Kehle zu schützen. Und wir beeilten uns natürlich, die Knöchel so schnell wie möglich festzubinden, um die Gefahr auszuschalten. Der Chief würde für seinen letzten Spaziergang Slipper tragen, aber ›es hätte schlimmer sein können‹ ist kein großer Trost für einen Mann mit zertretenem Kehlkopf. Oder für einen Mann, der sich am Boden krümmt und dessen Eier zu der Größe von Tennisbällen anschwellen, während rund vierzig Zuschauer – viele davon Gentlemen der Presse – auf diesen Klappstühlen sitzen und die ganze Chose beobachten.

Wir klammerten Toot-Toots Knöchel fest. Die Klammer auf Deans Seite war ein wenig größer, denn sie führte den Saft. Wenn sich Bitterbuck morgen hinsetzte, würde seine linke Wade rasiert sein. Indianer haben im allgemeinen wenig Körperhaare, aber wir würden kein Risiko eingehen.

Während wir Toot-Toots Knöchel befestigten, band Brutal sein rechtes Handgelenk fest. Harry trat ruhig vor und befestigte das linke Handgelenk. Als sie fertig waren, nickte Harry Brutal zu, und Brutal rief zu Van Hay: »Stufe eins!«

Ich hörte Percys Frage an Jack Van Hay, was das bedeutete (kaum zu glauben, wie wenig er wußte, wie wenig er während seiner Zeit in Block E aufgeschnappt hatte), und Van Hays gemurmelte Erklärung. Heute bedeutete *Stufe eins* nichts, doch wenn er Brutal das morgen sagen hörte, würde Van Hay den Hebel betätigen, der den Generator hinter Block B anschaltete. Die Zeugen würden den Generator als stetiges leises Summen hören, und die Lichter im ganzen Gefängnis würden heller werden. In den anderen Zellentrakten würden Gefangene das bemerken und denken, es wäre geschehen, die Hinrichtung wäre vorüber, obwohl sie in Wirklichkeit erst begann.

Brutal trat um den Stuhl herum, damit Toot-Toot ihn sehen konnte. »Arlen Bitterbuck, Sie sind zum Tod auf dem elektrischen Stuhl verurteilt worden, das Urteil wurde von einer Jury beschlossen und von einem Richter dieses Staates verkündet. Gott erhalte die Bürger dieses Staates. Haben Sie etwas zu sagen, bevor das Urteil vollstreckt wird?«

»Ja«, antwortete Toot-Toot mit glänzenden Augen und zahnlosem glücklichen Grinsen. »Ich möchte ein gebratenes Hähnchen mit Soße auf den Flügeln, ich möchte in deinen Hut scheißen, und ich möchte Mae West auf meinem Gesicht sitzen haben, weil ich ein geiler Mösenlecker bin.«

Brutal bemühte sich, seine todernste Miene beizubehalten, aber das war unmöglich. Er warf den Kopf zurück und lachte los. Dean brach am Rand der Plattform zusammen, als hätte er einen Bauchschuß erlitten. Er hielt den Kopf zwischen den Knien, heulte wie ein Kojote und preßte eine Hand auf die Stirn, als wollte er das Gehirn dahinter an Ort und Stelle halten. Harry schlug mit dem Kopf gegen die Wand und stieß komische Laute aus, als stecke ein Bissen Essen in seiner Kehle fest. Sogar Jack Van Hay, ein Mann, der nicht gerade durch seinen Sinn für Humor bestach, wieherte vor Lachen. Mir war natürlich ebenfalls zum Lachen zumute, aber ich konnte mich irgendwie beherrschen. Morgen nacht würde es wirklich passieren, und ein Mann würde dort sterben, wo Toot-Toot jetzt saß.

»Halt die Klappe, Brutal«, sagte ich. »Du auch, Dean. Harry. Und Toot, noch so eine Bemerkung, und es wird deine letzte sein. Dann lasse ich Van Hay auf Stufe zwei schalten.«

Toot grinste mich an, als wollte er sagen, das ist ein guter Witz, Boß Edgecombe, ein wirklich guter, doch das Grinsen ging in leichte Besorgnis über, als in ihm der Verdacht keimte, daß ich es ernst gemeint haben könnte. »Was ist los mit dir?« fragte er.

»Es ist nicht lustig«, erwiderte ich. »Das ist los, und wenn du zu blöd bist, um das zu kapieren, dann solltest du die Schnauze halten.« Doch es *war* lustig, in gewisser Weise, und ich nehme an, das war es, was mich wirklich wütend machte.

Ich schaute mich um und sah, daß Brutal mich anstarrte und immer noch ein bißchen grinste.

»Scheiße«, sagte ich. »Ich werde zu alt für diesen Job.«

»Unsinn«, meinte Brutal, »Du bist in der Blüte deiner Jahre, Paul.« Aber das war ich nicht, genauso wenig wie er, und wir beide wußten es. Das Wichtige war jedoch, daß der Lachanfall vorübergegangen war. Das war gut, denn ich wollte auf keinen Fall, daß sich morgen nacht jemand an Toot-Toots blöde Bemerkung erinnerte und loslachte. Sie glauben, es sei unmöglich, daß ein Wärter einen Lachanfall bekommt, während er einen zum Tode Verurteilten an den Zeugen vorbei zum elektrischen Stuhl führt, aber wenn Leute unter Streß stehen, *kann* alles passieren. Und über so etwas würde man noch nach zwanzig Jahren reden.

»Wirst du still sein, Toot?« fragte ich.

»Ja«, antwortete er wie der Welt ältestes schmollendes Kind und wandte sein Gesicht zur Seite.

Ich nickte Brutal zu, daß er mit der Übung weitermachen solle. Er nahm die Kapuze vom Messinghaken hinten am Stuhl, streifte sie über Toot-Toots Kopf und zog sie unter dem Kinn fest, wodurch das Loch oben so weit wie möglich geöffnet wurde.

Dann neigte sich Brutal vor, nahm den nassen runden Schwamm aus dem Eimer, drückte mit einem Finger auf den Schwamm und leckte die Fingerspitze ab.

Danach legte er den Schwamm in den Eimer zurück. Morgen würde er das nicht tun. Morgen würde er den feuchten Schwamm in die Kappe stecken, die oben auf der Rückenlehne des Stuhls hing. Heute nicht; es war nicht nötig, Toots alten Kopf naß zu machen.

Die Kappe war aus Stahl, und die Halteriemen baumelten auf jeder Seite herab. Sie sah fast aus wie der Helm eines Landsers. Brutal setzte sie auf Toot-Toots Kopf und rückte sie über dem Loch in der schwarzen Kapuze zurecht.

»Ich bekomme die Kappe, die Kappe, die Kappe«, sagte Toot, und jetzt klang seine Stimme gepreßt und gedämpft. Die Riemen hielten seine Kiefer fast geschlossen, und ich hatte den Verdacht, daß Brutal die Riemen etwas fester angezogen hatte, als es zum Zweck der Übung nötig gewesen wäre. Er trat zurück, blickte zu den leeren Sitzen und sagte: »Arlen Bitterbuck, Elektrizität wird jetzt durch deinen Körper strömen, bis du tot bist, gemäß dem Gesetz des Staates. Möge Gott deiner Seele gnädig sein.«

Brutal wandte sich zu dem rechteckigen Drahtgeflechtfenster. »Stufe zwei!«

Der alte Toot, der vielleicht an seine frühere

komische Einlage anknüpfen wollte, begann sich auf dem Stuhl aufzubäumen und um sich zu schlagen, wie es Old Sparkys echte Gäste fast nie taten. »Jetzt brate ich!« brüllte er. »Ich brate, ich brate. Jaaaa! Ich bin ein gebratener Truthahn!«

Mir fiel auf, daß Harry und Dean ihn überhaupt nicht beachteten. Sie hatten sich von Old Sparky abgewandt und spähten zu der Tür, die in mein Büro führte. »Nicht zu glauben!« sagte Harry. »Einer der Zeugen ist einen Tag zu früh gekommen.«

Auf der Türschwelle saß die Maus – sie hatte den Schwanz um die Pfoten gerollt und beobachtete mit glänzenden schwarzen Augen das Geschehen.

5

Die Hinrichtung verlief gut – wenn man jemals so etwas als ›gut‹ bezeichnen kann (was ich stark bezweifle), dann war die Exekution von Arlen Bitterbuck, Stammesältester der Washita Cherokee, eine gute. Er hatte seine Zöpfe nicht richtig hingekriegt – seine Hände hatten zu sehr gezittert –, und seine älteste Tochter, eine Frau Anfang dreißig, hatte sie schön und gleichmäßig flechten dürfen. Sie wollte Federn in die Spitzen flechten, die Schwungfedern eines Falken, ›seines‹ Vogels, aber das durfte ich nicht zulassen. Sie könnten Feuer fangen und brennen. Natürlich erzählte ich ihr das nicht, sondern erklärte ihr nur, daß es gegen die Vorschriften sei. Sie protestierte nicht, senkte nur den Kopf und hielt die Hände an die Schläfen, um ihre Enttäuschung und Mißbilligung zu zeigen. Diese Frau benahm sich sehr würdevoll, und dadurch garantierte sie praktisch, daß ihr Vater das gleiche tun würde.

Der Chief verließ seine Zelle ohne Protest oder Zögern, als seine Zeit gekommen war. Manchmal mußten wir ihre Finger gewaltsam von den Gitterstäben lösen, an die sie sich klammerten – ich habe in meiner Zeit ein paar gebrochen und nie das gedämpfte Knacken vergessen –, aber der Chief war Gott sei Dank keiner dieser Typen. Er ging mit festen Schritten über die Green Mile zu meinem Büro und kniete sich dort hin, um mit Bruder Schuster zu beten, der mit seiner kleinen Blechkarre von der Heavenly Light Baptist

Church heruntergekommen war. Schuster sprach für den Chief ein paar Psalme, und der Chief begann zu weinen, als der Psalm drankam, in dem jemand neben den stillen Wassern liegt. Aber es war nicht schlecht, keine Hysterie, nichts in dieser Art. Es kam mir so vor, als ob der Chief an stilles Wasser dachte, das so rein und kalt war, daß man das Gefühl hatte, sich in den Mund zu schneiden, wenn man davon trank.

Eigentlich mag ich es, sie ein wenig weinen zu sehen. Es beunruhigt mich, wenn sie das nicht tun.

Viele kommen ohne Hilfe nicht mehr von den Knien hoch, aber der Chief hatte in dieser Hinsicht keine Probleme. Er schwankte erst ein bißchen wie berauscht, und Dean wollte ihn stützen, doch Bitterbuck fand bereits aus eigener Kraft das Gleichgewicht wieder, und so gingen wir hinaus.

Fast alle Klappstühle waren besetzt, und die Leute tuschelten leise miteinander, als warteten sie auf den Beginn einer Trauung oder Beerdigung. Zum ersten und einzigen Mal zögerte Bitterbuck. Ich weiß nicht, ob ihn irgendeine bestimmte Person beunruhigte oder alle zusammen, aber ich hörte ihn leise seufzen, und der Arm, den ich hielt, spannte sich. Aus dem Augenwinkel heraus sah ich, daß sich Harry Terwilliger näherte, um einen Rückzug des Chiefs zu verhindern, falls er sich plötzlich zu der harten Tour entscheiden sollte.

Ich verstärkte meinen Griff und tippte mit einem Finger auf die Innenseite seines Arms.

»Ruhig, Chief«, sagte ich aus dem Mundwinkel, ohne die Lippen zu bewegen. »Das einzige, was die Leute von dir in Erinnerung behalten werden, ist die Art und Weise, wie du hinausgehst, also zeig ihnen etwas Gutes – zeig ihnen, wie ein Washita das schafft.«

Er blickte mich von der Seite an und nickte leicht. Dann nahm er einen der Zöpfe, die seine Tochter geflochten hatte, und küßte ihn. Ich schaute zu Brutal, der protzig hinter dem Stuhl stand; er sah beeindruckend aus in seiner besten blauen Uniform – alle Knöpfe des Rocks waren poliert worden und glänzten, die Mütze saß in perfektem Winkel auf seiner großen Birne. Ich nickte ihm leicht zu, und er nickte zurück, während er vortrat, um Bitterbuck auf die Plattform zu helfen, wenn er Hilfe brauchte. Es stellte sich heraus, daß keine nötig war.

Es dauerte weniger als eine Minute von dem Zeitpunkt an, als sich Bitterbuck auf den Stuhl setzte, bis zu dem Moment, an dem Brutal leise »Stufe zwei!« über die Schulter rief. Die Beleuchtung wurde etwas gedämpfter, aber nur ein wenig; man hätte es übersehen, wenn man nicht genau hingeschaut hätte. Das bedeutete, daß Van Hay den Hebel betätigt hatte, den irgendein Witzbold mit dem Schildchen MABELS HAARTROCKNER versehen hatte. Aus der metallenen Klappe klang ein leises Summen, und Bitterbuck ruckte nach vorne gegen die Klammern und den Gurt um seine Brust. Drüben an der Wand beobachtete ihn der Gefängnisarzt mit ausdrucksloser Miene und zusammengepreßten Lippen, die wie ein Strich wirkten. Es gab kein Aufbäumen oder Fuchteln mit den Armen, wie der alte Toot-Toot es bei der Übung gezeigt hatte, nur dieses starke Vorwärtsdrängen, wie ein Mann mit den Hüften nach vorne drängt, während er einen starken Orgasmus hat. Das blaue Hemd des Chiefs spannte sich an den Knöpfen, drohte sie abzusprengen, und dazwischen war ein wenig Haut zu sehen.

Und es gab diesen Geruch. Nicht schlecht an sich, aber unangenehm in diesem Zusammenhang. Ich habe nie in den Keller des Hauses meiner Enkelin gehen können, wenn sie mich zu ihr bringen, obwohl dort ihr kleiner Junge seine Eisenbahn aufgebaut hat, die er seinem Ur-Opa gern zeigen würde. Die Züge machen mir nichts aus, wie Sie bestimmt erraten – ich kann einfach den Transformator nicht ertragen. Die Art, wie er summt. Und wie er *riecht*, wenn er warm wird. Selbst nach all den Jahren erinnert mich dieser Geruch an Cold Mountain.

Van Hay gab ihm dreißig Sekunden und stellte dann den Saft ab. Der Arzt trat vor, setzte dem Chief das Stethoskop auf die Brust und lauschte. Von den Zeugen kam jetzt kein Laut; es war still wie in einem Mausoleum. Der Arzt richtete sich auf und schaute durch das Drahtgeflechtfenster. »Desorganisiert«, stellte er fest und machte eine kreisende Bewegung mit einem Finger. Er hatte ein paar zufällige Herzschläge aus Bitterbucks Brust gehört, vermutlich so bedeutungslos wie die letzten Zuckungen eines geköpften Hähnchens, aber es war besser, auf Nummer Sicher zu gehen. Man will ja nicht, daß er sich auf der Bahre plötzlich aufsetzt und wie am Spieß brüllt, wenn man ihn durch den Tunnel trägt.

Van Hay schaltete auf Stufe drei, und der Chief ruckte wieder vorwärts und wiegte sich unter dem Stromstoß ein wenig hin und her. Der Doc lauschte von neuem, und dann nickte er. Es war vorüber. Wir hatten wieder einmal erfolgreich zerstört, was wir nicht erschaffen können. Einige der Leute im Publikum begannen wieder leise zu murmeln; die meisten saßen mit gesenktem Kopf da und schauten auf den Boden. Wie betäubt. Oder beschämt.

Harry und Dean kamen mit der Bahre. Es war eigentlich Percys Aufgabe, ein Ende der Bahre zu übernehmen, aber das wußte er nicht, und keiner hatte sich die Mühe gemacht, es ihm mitzuteilen. Der Chief, noch immer mit der schwarzen Seidenkapuze über dem Kopf, wurde von Brutal und mir auf die Bahre geladen, und wir trugen ihn so schnell wir konnten durch die Tür, die zum Tunnel führte, ohne richtig zu rennen. Rauch – zuviel davon – stieg aus dem Loch oben in der Kapuze auf, und es stank entsetzlich.

»Oh, Mann!« rief Percy mit bebender Stimme. »Was ist das für ein Gestank?«

»Geh aus dem Weg!« schrie Brutal und drängte sich an ihm vorbei, um zu der Wand zu gelangen, an der ein Feuerlöscher hing.

Es war einer dieser alten chemischen, die man noch aufpumpen mußte. Dean streifte unterdessen die Kappe ab. Es war nicht so schlimm, wie es hätte sein können.

Bitterbucks linker Zopf schwelte wie feuchtes Laub.

»Laß das Ding hängen!« sagte ich zu Brutal. Ich wollte keine Ladung chemischen Schleims von dem Gesicht des Toten wischen, bevor wir ihn in den Fleischwagen verfrachteten. Ich klatschte dem Chief auf den Kopf (Percy starrte mich dabei die ganze Zeit entgeistert an), bis der Schwelbrand gelöscht war und kein Rauch mehr aufstieg. Dann trugen wir die Leiche die zwölf Holzstufen zum Tunnel hinab. Dort war es kalt und feucht wie in einem Verlies, und wir hörten das monotone Geräusch von tropfendem Wasser. Hängelampen mit krummen Schirmen – die Lampenschirme wurden in der Gefängniswerkstatt angefertigt – beleuchteten eine Backsteinröhre, die dreißig Fuß unter dem Highway verlief. Die Decke war gewölbt und naß. Jedesmal, wenn ich durch den Tunnel ging, fühlte ich mich wie eine Gestalt aus einer Geschichte von Edgar Allan Poe.

Im Tunnel wartete ein Karren. Wir luden Bitterbucks Leiche darauf, und ich überprüfte sie ein letztes Mal, um mich zu vergewissern, daß der Zopf nicht mehr brannte. Er war ziemlich verkohlt, und mit Bedauern sah ich, daß die niedliche kleine Schleife an dieser Seite des Kopfes nur noch schwarzer Brei war.

Percy gab dem Toten eine Ohrfeige. Bei dem Klatschen zuckten wir alle zusammen. Percy schaute uns mit einem spöttischen, arroganten Lächeln an, und seine Augen glitzerten. Dann blickte er wieder auf Bitterbuck. »Adios, Chief«, sagte er. »Ich hoffe, die Hölle ist heiß genug für dich.«

»Laß das sein«, fuhr Brutal ihn an, und seine Stimme klang hohl und pathetisch durch den tropfenden Tunnel. »Er hat für seine Schuld bezahlt. Sein Konto ist ausgeglichen. Laß die Finger von ihm.«

»Ah, blas dich nicht auf«, erwiderte Percy, aber er wich unsicher zurück, als sich Brutal auf ihn zu bewegte und sein Schatten groß hinter ihm aufragte wie der des Affen in Poes Erzählung über die Rue Morgue. Aber statt sich Percy zu greifen, schnappte sich Brutal den Karren und schob Arlen Bitterbuck langsam zum fernen Ende des Tunnels, wo die letzte Fahrt auf ihn wartete; der Wagen parkte auf dem Standstreifen neben dem Highway. Die Hartgummireifen des Karrens wimmerten auf dem Boden; sein Schatten geisterte über die gewölbte Backsteinwand, wurde verzerrt und verschwamm. Dean und Harry zogen das Laken über das Gesicht des Chiefs, das bereits den wächsernen, unmenschlichen Ausdruck aller toten Gesichter angenommen hatte, der Gesichter der Unschuldigen und Schuldigen gleichermaßen.

6

Als ich achtzehn war, starb mein Onkel Paul – nach dem ich benannt worden bin – an einem Herzanfall. Meine Eltern nahmen mich mit nach Chicago zu seiner Beerdigung und zum Besuch von Verwandten der Familie väterlicherseits, von denen ich viele noch nie gesehen hatte. Wir waren fast einen Monat unterwegs. Einerseits war das ein schöner Ausflug, ein nötiger und aufregender, andererseits ein schrecklicher. Wissen Sie, ich hatte mich in die junge Frau verknallt, die zwei Wochen nach meinem neunzehnten Geburtstag meine Ehefrau werden sollte. Eines Nachts, als meine Sehnsucht nach ihr wie ein außer Kontrolle geratenes Feuer in meinem Herzen und meinem Kopf brannte (o ja, ganz recht, auch in meinen Lenden), schrieb ich ihr einen Brief, der einfach nicht enden wollte – ich schüttete ihr mein ganzes Herz darin aus und schaute nie zurück, was ich geschrieben hatte, weil ich befürchtete, aus Feigheit aufzuhören. Ich hörte nicht auf, und als mir eine innere Stimme ziemlich ungehalten sagte, daß es verrückt sei, solch einen Brief abzuschicken, ignorierte ich sie wie ein Kind, das nicht an die Konsequenzen seines Handelns denkt. Ich habe mich oft gefragt, ob Janice diesen Brief aufbewahrt hat, aber ich konnte nie genug Mut sammeln, um diese Frage an sie zu richten. Ich weiß nur mit Sicherheit, daß ich den Brief nicht fand, als ich nach der Beerdigung in ihren Sachen stöberte, und natürlich, daß diese Tatsache allein nichts bedeuten muß. Ich nehme an, ich fragte nie, weil ich befürchtete, daß diese flammende Epistel ihr weniger bedeutete als mir.

Der Brief war vier Seiten lang. Ich dachte, ich würde in meinem Leben nie etwas Längeres schreiben, und nun sehen Sie sich das hier an. All dies, und immer noch kein Ende in Sicht. Wenn ich gewußt hätte, daß die Geschichte so lang wird, hätte ich sie bestimmt niemals angefangen. Mir war nicht klar, wie viele Türen das Schreiben aufschließt – als ob der alte Füllfederhalter meines Daddys in Wirklichkeit überhaupt kein Füller ist, sondern eine sonderbare Art Dietrich. Die Maus ist vermutlich das beste Beispiel, um klarzumachen, wovon ich rede – Steamboat Willy, Mr. Jingles, die Maus auf der Green Mile.

Bis ich mit dem Schreiben anfing, war mir nicht klar, wie wichtig er (ja, er) war. Zum Beispiel die Art, wie Mr. Jingles nach Delacroix zu suchen schien, bevor er eintraf – ich bezweifle, daß mir das je in den Sinn kam, jedenfalls nicht bewußt, bis ich mit dem Schreiben und der Erinnerung begann.

Ich nehme an, ich will damit sagen, daß ich nicht weiß, wie weit ich zurückgreifen muß, um Ihnen von John Coffey zu erzählen, oder wie lange ich ihn dort in seiner Zelle lassen muß, einen Mann, der so riesig war, daß seine Füße nicht nur über das Ende der Pritsche ragten, sondern bis auf den Boden hinabhingen. Ich will, daß Sie ihn nicht vergessen, in Ordnung? Ich möchte, daß Sie ihn dort sehen, wie er zur Decke seiner Zelle starrt, lautlos weint oder die Hände vors Gesicht schlägt. Ich möchte, daß Sie ihn hören, seine Seufzer, die wie Schluchzen klingen, sein gelegentliches Stöhnen. Dies waren nicht die Laute der Qual und Verzweiflung, die wir manchmal in Block E hörten, wilde Schreie mit Spuren von Reue darin. Wie seine feuchten Augen unterschieden sie sich auf eine unergründliche Art von dem Schmerz, den wir gewohnt waren. In gewisser Weise – ich weiß, wie verrückt dies klingen wird, natürlich weiß ich das, aber es hat keinen Sinn, etwas so Langes wie das hier zu schreiben, wenn man nicht mit ganzem Herzen dabei ist –, also in gewisser Weise war es, als trauerte er um die ganze Welt, ein zu großes Gefühl, um es jemals ganz auszulöschen. Manchmal setzte ich mich zu ihm, sprach mit ihm, wie ich es auch mit all den anderen tat – das Reden war der größte und wichtigste Teil unserer Arbeit, wie ich wahrscheinlich schon erwähnt habe –, und versuchte, ihn zu trösten. Ich bezweifle, daß mir das jemals gelang, und ein Teil meines Herzens war froh darüber, daß er litt, und fand, daß er das *verdiente*. Ich spielte sogar manchmal mit dem Gedanken, den Gouverneur anzurufen (oder Percy damit zu beauftragen – Teufel, der Gouverneur war sein verdammter Onkel, nicht meiner) und um einen Aufschub der Hinrichtung zu bitten. *Wir sollten ihn noch nicht rösten*, hätte ich gesagt. *Es ist noch zu schmerzlich für ihn, quält ihn noch zu sehr, rumort in seinen Gedärmen, als würde ein schöner spitzer Stock darin herumgedreht. Geben Sie ihm noch neun-*

zig Tage, Euer Ehren, Sir. Lassen Sie ihn weiterhin sich selbst antun, was wir ihm nicht antun können.

Es ist dieser John Coffey, den ich Ihnen in Erinnerung halten muß, während ich fortfahre und zu Ende bringe, was ich angefangen habe – dieser John Coffey, der auf seiner Pritsche lag, der aus gutem Grund Angst vor der Dunkelheit hatte, denn wäre es nicht denkbar, daß in der Finsternis zwei Gestalten mit blonden Locken auf ihn warteten – keine kleinen Mädchen mehr, sondern rachsüchtige Harpyien? Dieser John Coffey, aus dessen Augen immer Tränen rannen wie Blut aus einer Wunde, die niemals heilen kann.

7

Der Chief wurde also gegrillt, und der Präsident ging – jedenfalls bis Block C, die Heimat der meisten der hundertfünfzig Lebenslänglichen von Cold Mountain. Das Leben des Präsidenten sollte noch zwölf Jahre dauern.

Er wurde 1944 in der Gefängniswäscherei ertränkt. Nicht in der Gefängniswäscherei von Cold Mountain; Cold Mountain schloß 1933. Ich bezweifle aber, daß es für die Insassen einen Unterschied machte – Mauern sind Mauern, wie die Wärter sagen, und Old Sparky war vermutlich in seiner neuen kleinen Todeskammer genauso tödlich, wie er es in Cold Mountain gewesen war.

Zurück zu dem Präsidenten. Jemand drückte ihn mit dem Gesicht voran in einen Bottich mit Flüssigkeit für die chemische Reinigung und hielt ihn fest. Als die Wärter ihn wieder herauszogen, war sein Gesicht fast völlig verschwunden. Sie mußten ihn anhand seiner Fingerabdrücke identifizieren. Alles in allem wäre er vielleicht besser mit Old Sparky dran gewesen ... aber dann hätte er nicht die zusätzlichen zwölf Jahre gehabt, nicht wahr? Ich bezweifle jedoch, daß er sich darüber in der letzten Minute seines Lebens viele Gedanken gemacht hat, als seine Lunge zu lernen versuchte, wie man Hexlite und Reinigungslauge atmet.

Der Täter wurde niemals geschnappt. Da arbeitete ich natürlich schon lange nicht mehr im

Gefängnis, aber Harry Terwilliger schrieb mir davon. ›Sein Urteil wurde in lebenslänglich umgewandelt, weil er weiß war‹, schrieb Harry. ›Aber am Ende erwischte es ihn ebenfalls. Ich betrachte es einfach als einen langen Aufschub der Hinrichtung, der schließlich abgelaufen war.‹

Als der Präsident fort war, gab es eine ruhige Zeit für uns in Block E. Harry und Dean wurden vorübergehend versetzt, und eine Weile waren nur ich, Brutal und Percy auf der Green Mile. Was eigentlich hieß, nur ich und Brutal, denn Percy zog sich ziemlich zurück. Ich kann Ihnen sagen, dieser junge Mann war ein Genie darin, Ausreden zu finden, damit er bestimmte Dinge nicht zu tun brauchte. Und oft (aber nur, wenn Percy nicht da war) tauchten die anderen Jungs auf, um einen ›guten Plausch‹ zu halten, wie Harry es nannte. Bei vielen dieser Anlässe zeigte sich auch die Maus. Wir fütterten sie, und sie saß da, aß so ernst wie Salomon und beobachtete uns mit ihren glänzenden kleinen, schwarzen Augen.

Es waren ein paar gute Wochen, ruhig und locker trotz Percys ständiger Meckerei und Stänkerei. Aber alles Gute endet mal, und an einem regnerischen Montag im späten Juli – habe ich Ihnen erzählt, wie verregnet und kühl dieser Sommer war? – saß ich auf der Pritsche in einer offenen Zelle und wartete auf Eduard Delacroix.

Er kam mit einem unerwarteten Paukenschlag. Die Tür, die zum Hof führte, flog auf, eine Flut von Licht fiel herein, Ketten rasselten, und eine angsterfüllte Stimme stammelte in einer Mischung aus Englisch und Cajun-Französisch (ein

Dialekt, den die Wärter in Cold Mountain *da bayou* nannten), und Brutal brüllte: »Hey! Hör auf! Verdammt nochmal, laß das, Percy!«

Ich war auf der Pritsche, die für Delacroix bestimmt war, fast eingedöst, aber plötzlich war ich hellwach, und mein Puls begann zu rasen. Radau dieser Art hatte es in Block E fast nie gegeben, bevor Percy kam; er brachte ihn mit wie einen üblen Gestank.

»Los, los, du verdammte französische Schwuchtel!« keifte Percy und ignorierte Brutal völlig. Dann kam er und zerrte mit einem Arm einen Typen heran, der nicht viel größer als ein Kegel auf der Kegelbahn war. In der anderen Hand schwang Percy seinen Schlagstock. Seine Zähne waren gebleckt in einer Grimasse der Anstrengung, und sein Gesicht war hochrot. Dennoch sah er nicht ganz unglücklich aus.

Delacroix versuchte, mit ihm Schritt zu halten, aber er hatte eiserne Fußfesseln, und ganz gleich, wie schnell er schlurfte, Percy zerrte ihn schneller mit. Ich sprang aus der Zelle und konnte Delacroix gerade noch rechtzeitig auffangen, als er stürzte, und so lernten Del und ich uns kennen.

Percy umrundete ihn mit erhobenem Schlagstock, und ich hielt ihn mit einem Arm zurück. Brutal keuchte heran und sah so schockiert und verblüfft über all das aus, wie ich mich fühlte.

»Lassen Sie nicht zu, daß er mich noch mehr schlagen, *M'sieu*«, stammelte Delacroix. *»S'il vous plaît, s'il vous plaît!«*

»Laß mich los, weg da!« brüllte Percy und sprang vor. Er schlug Delacroix mit seinem

Schlagstock auf die Schultern. Delacroix hob schreiend die Arme, und der Stock donnerte mit einem stetigen Klatschen gegen die Ärmel seines blauen Gefängnishemdes. Ich sah ihn in dieser Nacht ohne Hemd, und der Junge war von Weihnachten bis Ostern mit blauen Flecken und Beulen übersät. Bei diesem Anblick fühlte ich mich schlecht. Er war ein Mörder, und keiner liebte ihn, aber das war nicht die Art und Weise, wie die Dinge in Block E liefen. Jedenfalls nicht, bis Percy kam.

»Halt!« schrie ich. »Hör auf! Was ist überhaupt los?« Ich versuchte, mich zwischen Delacroix und Percy zu schieben, aber das funktionierte nicht gut. Percy drosch weiterhin mit dem Schlagstock auf Delacroix ein, mal links, mal rechts an mir vorbei. Früher oder später würde er aus Ver-sehen *mich* treffen, und dann würde es auf dem Gang eine Schlägerei geben, ganz gleich, welche Beziehungen Percy nach oben hatte. Ich würde mir nicht allein helfen können – und Brutal voraussichtlich eingreifen. Wissen Sie, in gewisser Weise wünsche ich, es wäre so gekommen. Es hätte vielleicht einige der Dinge geändert, die später geschahen. »Verdammter Schwuler! Ich werde dich lehren, deine Pfoten von mir zu lassen, du mieser Arschgrabscher!«

Klatsch! Klatsch! Klatsch! Und jetzt blutete Delacroix aus einem Ohr und schrie. Ich gab den Versuch auf, ihn abzuschirmen, packte ihn an der Schulter und schleuderte ihn in seine Zelle, wo er bäuchlings auf der Pritsche landete. Percy flitzte um mich herum und verpaßte ihm einen letzten harten Schlag auf den Hintern – sozusagen als Nachschlag. Dann packte Brutal ihn – Percy, meine ich – an den Schultern und zerrte ihn auf den Gang hinaus. Ich schloß schnell die Schiebetür der Zelle. Dann wandte ich mich Percy zu, ohne zu wissen, ob mein Schock und meine Bestürzung oder die Wut siegen würde. Percy war zu diesem Zeitpunkt ein paar Monate bei uns, lange genug für uns alle, um zu dem Schluß zu gelangen, daß wir ihn nicht leiden konnten, aber eben hatte ich zum erstenmal in vollem Umfang erkannt, wie unbeherrscht er war.

Er stand da und starrte mich an, nicht ganz furchtlos – er war im Grunde ein Feigling, daran habe ich nie gezweifelt –, aber immer noch zuversichtlich, daß ihn seine Beziehungen schützen würden. In diesem Punkt hatte er recht. Ich nehme an, es gibt trotz allem, was ich gesagt habe, Leute, die nicht verstehen, warum das so war, aber diese Leute kennen die Bezeichnung *Weltwirtschaftskrise* nur aus Geschichtsbüchern. Wenn Sie dort gewesen wären, dann wäre es mehr als ein schlichter Begriff in einem Buch gewesen, und wenn Sie einen festen Job gehabt hätten, Bruder, dann hätten Sie fast alles getan, um ihn zu behalten. Inzwischen war ein wenig Farbe aus Percys Gesicht gewichen, aber seine Wangen waren immer noch gerötet, und seine Haare, normalerweise zurückgekämmt und pomadisiert, waren ihm in die Stirn gefallen.

»Was, zum Teufel, hatte *das* alles zu bedeuten?« fragte ich. »In meinem Block wurde noch nie – noch *nie!* – ein Gefangener geschlagen!«

»Der kleine schwule Bastard hat versucht, mir zwischen die Beine zu greifen, als ich ihn aus dem Transporter gezogen habe«, sagte Percy. »Er hat die Prügel herausgefordert, und ich würde sie ihm jederzeit wieder verpassen.«

Ich schaute ihn an, zu verblüfft, um Worte zu finden. Ich konnte mir nicht vorstellen, daß selbst der frechste Homosexuelle auf Gottes grüner Erde getan haben könnte, was Percy soeben behauptet hatte. Die Verlegung in ein vergittertes Apartment an der Green Mile brachte im allgemeinen nicht mal die geilsten Gefangenen in sexy Stimmung.

Ich schaute zu Delacroix, der geduckt auf der Pritsche kauerte und immer noch die Arme schützend vors Gesicht hielt. Seine Arme waren mit Handschellen gefesselt, und eine Kette verlief zwischen seinen Fußfesseln. Dann wandte ich mich Percy zu. »Verschwinde«, sagte ich. »Ich werde später mit dir reden.«

»Wird das in deinem Bericht erwähnt?« fragte er trotzig. »Denn falls es so sein sollte, werde ich einen eigenen Bericht schreiben.« Ich wollte keinen Bericht schreiben; ich wollte nur, daß er mir aus den Augen ging. Das teilte ich ihm mit.

»Die Sache ist erledigt«, schloß ich. Ich sah, daß Brutal mich mißbilligend ansah, ignorierte es jedoch. »Los, verschwinde. Geh zur Verwaltung und sag, daß du Briefe lesen und in der Poststelle helfen sollst.«

»Klar.« Er hatte seine Fassung wiedergewonnen oder die übergeschnappte Arroganz, die ihm als Fassung diente. Er strich sich das Haar aus der Stirn – seine Hände waren weich und weiß und zierlich, die Hände eines Teenie-Girls, hätten Sie gedacht – und näherte sich der Zelle.

Delacroix sah ihn, duckte sich ängstlich auf der Pritsche und brabbelte in einer Mischung aus Englisch und undefinierbarem Französisch vor sich hin.

»Ich bin mit dir noch nicht fertig, Pierre«, sagte Percy, und dann zuckte er zusammen, als er Brutals gewaltige Pranken auf seiner Schulter spürte.

»Doch, das bist du«, erwiderte Brutal. »Und jetzt verpiß dich. Du stinkst.«

»Du machst mir keine Angst, du nicht!« behauptete Percy. »Kein bißchen.« Er blickte zu mir. »Ihr beide nicht.« Aber er hatte Schiß. Das sahen wir deutlich in seinen Augen, und es machte ihn nur noch gefährlicher. Ein Typ wie Percy weiß nicht mal selbst, was er von einer Minute zur anderen machen wird.

Was er in genau diesem Augenblick machte, war ein bühnenreifer Abgang. Er stolzierte mit langen arroganten Schritten über den Gang davon. Bei Gott, er hatte der Welt gezeigt, was passierte, wenn ein schmächtiger, fast kahlköpfiger kleiner Franzose versuchte, ihm an die Nüsse zu gehen, und er verließ das Schlachtfeld als Sieger.

Ich hielt meine kleine Begrüßungsansprache, wies darauf hin, daß wir an den meisten Abenden Radio hören konnten – *Make Believe Ballroom* und *Our Gal Sunday* – und versprach, daß wir ihn bestens behandeln würden, wenn er sich uns gegenüber ebenso verhalten würde. Diese kleine

Predigt war nicht das, was Sie als einen meiner großen Erfolge bezeichnen können. Er heulte dabei die ganze Zeit, kauerte geduckt und verängstigt ganz am Fußende der Pritsche, so weit von mir entfernt, wie er konnte, ohne sich in die Wand zu verkriechen. Jedesmal wenn ich mich bewegte, zuckte er zusammen, und ich bezweifle, daß er ein Wort von dem verstand, was ich sagte. Vermutlich war das auch gleichgültig. Diese besondere Predigt ergab ohnehin nicht viel Sinn. Eine Viertelstunde später war ich wieder am Wachpult, hinter dem der erschüttert wirkende Brutus Howell saß und an der Spitze des Bleistifts lutschte, der für Eintragungen ins Besucherbuch benutzt wurde. »Hörst du mit dem Lutschen auf, bevor du dich vergiftest, Mann?« fragte ich.

»Allmächtiger«, sagte er und legte den Bleistift hin. »Ich will *nie* mehr so ein Theater erleben, wenn ein Gefangener in unseren Block kommt.«

»Mein Daddy pflegte zu sagen, aller guten Dinge sind drei«, gab ich zurück. »Ich nehme an, das trifft auch auf die schlechten zu.«

»Nun, ich hoffe, dein Daddy hat in diesem Punkt Scheiße gelabert«, erwiderte Brutal, aber das hatte mein Daddy natürlich nicht. Es gab einen Windstoß, als John Coffey eingeliefert wurde, und einen heftigen Sturm, als Wild Bill zu uns kam – komisch, aber es kommt anscheinend wirklich alles immer dreimal. Die Geschichte, wie wir Wild Bill kennenlernten, als er zur Green Mile kam und versuchte, einen Mord zu begehen, werde ich in Kürze erzählen; eine faire

Warnung. »Was war das mit Delacroix? Hat er Percy zwischen die Beine gefaßt?« fragte ich.

Brutal schnaubte. »Er war an den Füßen gefesselt, und Percy hat ihn zu schnell herausgezogen, das war alles. Delacroix stolperte und stürzte. Er streckte im Reflex die Arme vor, wie es jeder machen würde, der fällt, und eine Hand streifte Percy vorne an der Hose. Es war ein Mißgeschick.«

»Meinst du, Percy wußte das?« fragte ich. »Hat er das vielleicht als Vorwand benutzt, weil er Delacroix ein bißchen verprügeln wollte? Weil er ihm zeigen wollte, wer hier das Sagen hat?«

Brutal nickte langsam. »Ja. Ich denke, so war es vermutlich.«

»Dann müssen wir ihn im Auge behalten«, sagte ich und fuhr mir mit der Hand durchs Haar. Als ob der Job nicht schon hart genug war. »Gott, ich hasse das. Ich hasse *ihn*.«

»Ich auch. Und willst du noch etwas wissen, Paul? Ich verstehe ihn nicht. Er hat Beziehungen, *das* verstehe ich, aber warum nutzt er sie, um einen Job auf der verdammten Green Mile zu bekommen? Überhaupt irgendwo im Strafvollzug? Warum nicht für einen Posten im Verwaltungsdienst oder so? Gewiß hätten ihm seine Leute etwas Besseres zuschustern können, wenn er sie darum gebeten hätte. Warum ist er also *hier?*«

Ich schüttelte den Kopf. Ich wußte es nicht. Es gab vieles, was ich zu diesem Zeitpunkt nicht wußte. Ich nehme an, ich war naiv.

8

Danach wurden die Dinge wieder normal ... jedenfalls für eine Weile. Unten in der County-Hauptstadt bereitete sich der Staat vor, John Coffey den Prozeß zu machen, und Sheriff Homer Cribus vom Trapingus County rümpfte die Nase über den Vorschlag, daß eine lynchwillige Menschenmenge der Gerechtigkeit schneller Genüge tun könnte. Nichts davon spielte für uns eine Rolle, in Block E schenkten wir Nachrichten nicht viel Aufmerksamkeit. Das Leben auf der Green Mile war in gewisser Weise wie das in einem schalldichten Raum. Von Zeit zu Zeit hörte man ein Gemurmel, das vielleicht draußen in der Welt eine Explosion war, aber das war auch schon alles. Sie wollten mit John Coffey nichts überstürzen, sondern sich ihrer Sache ganz sicher sein.

Percy piesackte Delacroix ein paarmal, und schließlich zog ich Percy zur Seite und forderte ihn auf, in mein Büro zu kommen. Es war nicht das erste Gespräch mit Percy über sein Verhalten, und es würde nicht das letzte sein, aber es führte mir so klar wie nie vor Augen, was er war. Er hatte das Herz eines grausamen Bengels, der nicht in den Zoo geht, um die Tiere zu betrachten, sondern um sie in ihren Käfigen mit Steinen zu bewerfen.

»Du läßt ihn jetzt in Ruhe, verstanden?« sagte ich. »Du hältst dich fern von ihm, es sei denn, ich gebe eine besondere Anweisung.«

Percy kämmte sein Haar zurück und strich mit

seinen zarten Händchen darüber. Dieser Junge liebte es einfach, über sein Haar zu streicheln. »Ich habe ihm nichts getan«, antwortete er. »Ich habe ihn nur gefragt, was für ein Gefühl es ist, zu wissen, daß man ein paar Babys verbrannt hat, das war alles.« Percy schaute mich unschuldig mit großen Kulleraugen an.

»Du hörst damit auf, oder es gibt einen Bericht«, drohte ich.

Er lachte. »Schreib jeden Bericht, den du willst. Dann schreibe ich auch einen, wie ich schon sagte. Mal sehen, wer besser dabei abschneidet.«

Ich neigte mich vor, die Hände auf meinem Schreibtisch aufgestützt, und sprach in einem Tonfall, der – wie ich hoffte – klang wie der eines Freundes, der einem etwas Vertrauliches mitteilt. »Brutus Howell kann dich nicht besonders leiden«, begann ich. »Und er ist dafür bekannt, daß er einen eigenen Bericht anfertigt, wenn er jemanden nicht leiden kann. Er ist kein Genie im Umgang mit einem Füllfederhalter, und er kann es nicht lassen, an diesem Bleistift herumzulutschen, aber er schreibt starke Berichte mit seinen Fäusten, wenn du verstehst, was ich meine.«

Percys selbstgefälliges Lächeln verschwand. »Was willst du damit sagen?«

»Ich *will* nichts sagen, ich *habe* es gesagt. Und wenn du einem von deinen ... Freunden ... von diesem Gespräch erzählst, werde ich behaupten, daß du das Ganze erfunden hast.« Ich schaute ihn unschuldig und ernst an. »Außerdem versuche ich, dein Freund zu sein, Percy. Wer gescheit ist, hört auf einen guten Rat, heißt es.

Und warum willst du dir überhaupt Ärger wegen Delacroix einhandeln? Er ist es nicht wert.«

Und eine Zeitlang klappte es. Es herrschte Frieden. Ein paarmal konnte ich Percy sogar mit Dean oder Harry losschicken, wenn Delacroix mit dem Duschen an der Reihe war. Wir schalteten abends das Radio ein, Delacroix begann sich in der spärlichen Routine von Block E etwas zu entspannen, und es herrschte Frieden.

Dann hörte ich ihn eines Abends lachen.

Harry Terwilliger saß am Wachpult, und bald lachte er ebenfalls. Ich stand auf und ging zu Delacroix´ Zelle, um zu sehen, was er zu lachen hatte.

»Schauen Sie mal, *Capitaine!*« sagte er, als er mich sah.«Ich ´abe eine Maus dressieren!«

Es war Steamboat Willy. Er war in Delacroix´ Zelle. Mehr noch: Er saß auf Delacroix´ Schulter und schaute mit seinen kleinen glänzenden Augen ruhig durch die Gitterstäbe zu uns. Sein Schwanz war um die Pfoten geschlungen, und er wirkte völlig entspannt. Und Delacroix? Freunde, man hätte nicht gedacht, daß es derselbe Mann war, der noch vor einer Woche, geduckt und vor Angst schlotternd, auf seiner Pritsche gehockt hatte. Er wirkte jetzt wie meine Tochter am Weihnachtsmorgen, wenn sie die Treppe herunterkam und die Geschenke sah.

»Sehen Sie das an!« rief Delacroix. Die Maus saß auf seiner rechten Schulter. Delacroix streckte den linken Arm aus. Die Maus hüpfte auf Delacroix´ Kopf, benutzte sein Haar (das wenigstens hinten noch dicht genug war), um daran hochzuklettern, und flitzte auf der anderen Seite den Arm hinunter. Delacroix kicherte, als ihn der Schwanz der Maus am Hals kitzelte. Die Maus lief über den Arm bis zu seinem Handgelenk, machte kehrt, flitzte wieder den Arm hinauf, blieb auf Delacroix´ linker Schulter sitzen und ringelte den Schwanz um die Pfoten.

»Nicht zu glauben!« sagte Harry.

»Ich ´abe ihr beigebracht«, erklärte Delacroix stolz. *Quatsch,* dachte ich, aber ich hielt den Mund. »Er heißt Mr. Jingles.«

»Unsinn«, sagte Harry gutmütig. »Er heißt Steamboat Willy wie die Mickey Mouse in dem Comicfilm. Boß Howell hat ihm diesen Namen gegeben.«

»Es ist Mr. Jingles«, beharrte Delacroix. Bei jedem anderen Thema wäre er kompromißbereit gewesen, aber beim Namen der Maus blieb er unnachgiebig. »Er ´at mir in die Ohr geflüstert. Chef, kann ich eine Kistchen für ihn 'aben? Eine *petite* Kiste für meine Maus, damit Mr. Jingles ´ier mit mir schlafen kann? Bitte, *Capitaine.*« Seine Stimme klang flehend und schmeichelnd, wie ich es schon tausendmal gehört hatte. »Ich stelle ihn unter meine Bett, und sie niemals wird machen Ärgeeer, niemals.«

»Dein Englisch wird viel besser, wenn du etwas haben willst«, sagte ich, um Zeit zu gewinnen.

»Oh, oh«, murmelte Harry und stieß mich mit dem Ellenbogen an. »Da kommt Ärgeeer.«

Aber Percy sah nicht nach Krawall aus, nicht

an diesem Abend. Er streichelte sich nicht durchs Haar und fummelte auch nicht an seinem Schlagstock herum, und der oberste Knopf seines Uniformhemds war tatsächlich aufgeknöpft. Zum ersten Mal sah ich ihn so, und es war erstaunlich, was eine so kleine Veränderung bewirken kann. Am meisten verblüffte mich jedoch seine Miene. Sie strahlte Ruhe aus. Keine heitere Ruhe, aber die Gelassenheit eines Mannes, der auf die Dinge warten kann, die er sich wünscht. Das war eine gewaltige Veränderung für einen jungen Mann, dem ich erst vor ein paar Tagen mit Brutus Howells Fäusten drohen mußte.

Delacroix sah die Veränderung jedoch nicht. Er preßte sich ängstlich gegen die Wand seiner Zelle und zog die Knie bis vor die Brust. Seine Augen schienen zu wachsen, bis sie fast sein halbes Gesicht einnahmen. Die Maus kletterte auf seine Glatze und hockte sich hin. Ich weiß nicht, ob Mr. Jingles sich daran erinnerte, daß er ebenfalls Grund hatte, Percy zu mißtrauen, aber es sah ganz danach aus. Vielleicht roch er einfach die Furcht des kleinen Franzosen und reagierte darauf.

»Aha«, sagte Percy. »Sieht aus, als hättest du einen Freund gefunden, Eddie.«

Delacroix setzte zum Sprechen an – ich vermute mal, er wollte Percy trotzig erklären, was passieren würde, wenn Percy seinem neuen Freund etwas antun würde –, aber er brachte keinen Ton heraus. Seine Unterlippe zitterte ein bißchen, doch das war schon alles. Mr. Jingles, oben auf seiner Glatze, zitterte nicht. Er saß vollkommen ruhig mit den Hinterfüßen in Delacroix´ Haarkranz und den Vorderpfoten auf Delacroix´ kahler Platte und sah Percy geradezu abschätzend an. Wie man einen alten Feind taxiert.

Percy schaute mich an.«Ist das nicht die Maus, die ich gejagt habe? Die in der Gummizelle haust?«

Ich nickte. Mir kam in den Sinn, daß Percy den neu benannten Mr. Jingles seit dieser letzten Jagd nicht mehr gesehen hatte und er keine Anstalten machte, ihn jetzt zu jagen.

»Ja, das ist sie«, sagte ich. »Nur behauptet Delacroix, daß ihr Name Mr. Jingles ist, nicht Steamboat Willy. Er sagt, die Maus habe ihm das ins Ohr geflüstert.«

»Tatsächlich?« erwiderte Percy. »Wunder gibt es immer wieder, nicht wahr?« Ich erwartete fast, daß er seinen Schlagstock ziehen und gegen die Gitterstäbe klopfen würde, nur um Delacroix zu zeigen, wer der Boß war, doch er stand nur mit den Händen auf den Hüften da und schaute in die Zelle.

Aus keinem Grund, den ich hätte in Worte kleiden können, sagte ich: »Delacroix hat soeben nach einer kleinen Kiste gefragt, Percy. Er denkt, daß die Maus darin schlafen wird, nehme ich an. Daß er sie als Kuscheltier halten kann.« Ich bemühte mich um einen skeptischen Tonfall und spürte mehr, als daß ich es sah, wie Harry mich überrascht anblickte. »Wie denkst du darüber?«

»Ich denke, die Maus wird ihm vermutlich eines Nachts, wenn er schläft, auf die Nase scheißen und abhauen«, antwortete Percy ruhig, »aber das ist das Problem des Franzosen. Ich habe gestern eine schöne Zigarrenkiste auf Toot-Toots Karren gesehen. Ich weiß allerdings nicht, ob er sie weggeben würde. Vielleicht will er einen Nickel dafür, möglicherweise sogar einen Dime.«

Jetzt riskierte ich einen Blick zu Harry und sah, daß sein Mund offen stand. Dies war zwar noch nicht ganz die Verwandlung des Ebenezer Scrooge von einem Geizhals in einen noblen Spender an einem Weihnachtsmorgen, nachdem sich in der Nacht die Geister mit ihm beschäftigt hatten, aber es kam dem verdammt nahe.

Percy neigte sich näher zu Delacroix und steckte den Kopf zwischen die Gitterstäbe.

Delacroix wich sogar noch weiter zurück. Ich schwöre bei Gott, daß er in die Wand gekrochen wäre, wenn er das gekonnt hätte.

»Hast du einen Nickel oder vielleicht einen Dime, um eine Zigarrenkiste zu bezahlen?« fragte er.

»Ich ´abe vier Pennies«, sagte Delacroix. »Ich gebe für eine Zigarrenkiste, wenn es eine gute, *s'il est bon.*«

»Weißt du was?« fragte Percy. »Wenn dieser zahnlose alte Hurensohn dir die Zigarrenkiste für vier Pennies verkauft, dann klaue ich etwas Watte von der Krankenstation, um sie damit auszupolstern. Das wird ein richtiges Mäuse-Hilton, wenn es fertig ist.« Er blickte mich an. »Ich soll einen Bericht über meine Eindrücke im Schaltraum bei Bitterbucks Hinrichtung schreiben«, sagte er. »Gibt es einen Füller in deinem Büro, Paul?«

»Klar«, erwiderte ich. »Formblätter ebenfalls. Im Schreibtisch in der linken oberen Schublade.«

»Na prima«, sagte Percy und stolzierte davon.

Harry und ich tauschten einen Blick. »Meinst du, daß er krank ist?« fragte Harry. »War er vielleicht bei seinem Arzt und hat erfahren, daß er nur noch drei Monate zu leben hat?«

Ich gestand, daß ich nicht die geringste Ahnung hatte, was da los war. Das stimmte zu diesem Zeitpunkt und noch eine Weile danach, aber dann fand ich es heraus. Und ein paar Jahre später hatte ich ein interessantes Gespräch beim Abendessen mit Hal Moores. Zu der Zeit konnten wir offen reden, denn der Direktor war pensioniert worden, und ich arbeitete in der Jugendstrafanstalt. Es war eine dieser Mahlzeiten, bei denen man zuviel trinkt und zuwenig ißt, so daß die Zungen gelockert werden. Hal erzählte mir, daß Percy sich über mich und über die Arbeit auf der Green Mile im allgemeinen beschwert hatte. Das war kurz nach dem Tag, an dem Delacroix in den Block gekommen war und Brutal und ich Percy davon abgehalten hatten, den kleinen Franzosen halbtot zu prügeln. Am meisten hatte Percy gewurmt, daß ich ihn aufgefordert hatte, mir aus den Augen zu gehen. Er war der Ansicht, daß ein Verwandter des Gouverneurs sich so etwas nicht zu bieten lassen brauchte.

Nun, Moores erzählte mir, er habe Percy so lange hingehalten wie möglich, und als ihm klargeworden sei, daß Percy seine Beziehungen spielen lassen wollte, damit ich einen Tadel erhielt oder wenigstens in einen anderen Teil des Gefängnisses versetzt wurde, hatte er, Moores, Percy in sein Büro gezogen und ihm gesagt, wenn er aufhörte, solchen Wind zu machen, würde er dafür sorgen, daß Percy bei Delacroix´ Hinrichtung sozusagen die erste Geige spielen durfte. Er würde direkt neben dem elektrischen Stuhl stehen. Ich würde wie immer die Leitung haben, aber die Zeugen würden das nicht wissen; für sie würde es aussehen, als wäre Mr. Percy Wetmore der Leiter der Hinrichtung. Moores hatte nur versprochen, was wir bereits diskutiert hatten und was ich akzeptiert hatte, aber Percy wußte das nicht. Er hatte zugestimmt, seine Drohung, mich versetzen zu lassen, zu vergessen, und die Atmosphäre in Block E war angenehmer geworden. Er war sogar einverstanden gewesen, daß Delacroix Percys frühere Nemesis als Haustier halten durfte. Es ist erstaunlich, wie sich einige Leute ändern können, wenn sie den richtigen Ansporn bekommen: In Percys Fall brauchte Direktor Moores nur die Chance anzubieten, einem kleinen glatzköpfigen Franzosen das Leben zu nehmen.

9

Toot-Toot fand, daß vier Pennies viel zu wenig für eine erstklassige Corona-Zigarrenkiste waren, und damit hatte er vermutlich recht – Zigarrenkisten waren hochbegehrt und -bezahlt im Knast. Man konnte darin unzählige kleine Dinge aufbewahren, der Geruch war angenehm, und irgend etwas an ihnen erinnerte unsere Kunden daran, wie es war, frei zu sein. Weil Zigaretten im Gefängnis erlaubt waren, Zigarren jedoch nicht, nehme ich an.

Dean Stanton, der zu dieser Zeit wieder im Block war, spendierte einen Penny, und ich steuerte ebenfalls einen bei. Als Toot-Toot immer noch unzufrieden war, wurde er von Brutal bearbeitet. Zuerst forderte er ihn auf, sich wegen seiner Geldgier zu schämen, und dann versprach er, daß er, Brutus Howell, ihm persönlich sofort nach Delacroix´ Hinrichtung die Zigarrenkiste zurückgeben würde. »Mag sein oder nicht, daß sechs Pennies zuwenig sind, wenn du diese Zigarrenkiste *verkaufst,* darüber könnten wir streiten«, meinte Brutal, »aber du mußt zugeben, daß es ein stolzer Preis ist, wenn du sie *verleihst.* Er wird in einem Monat, allerhöchstens in sechs Wochen, über die Green Mile gehen. Und diese Zigarrenkiste wird wieder auf deinem Karren stehen, bevor du sie überhaupt vermißt.«

»Ein weichherziger Richter könnte ihm Aufschub gewähren, und dann wäre er immer noch hier und könnte auf alte Bekannte pfeifen«, wandte Toot-Toot ein, aber er wußte es besser, und Brutal wußte, daß er es wußte. Der alte Toot-Toot hatte diesen verdammten Karren mit Bibelzitaten praktisch seit den Tagen des Pony Express durch Cold Mountain geschoben, und er hatte viele Informationsquellen ... bessere als unsere, dachte ich damals. Er wußte, daß im Fall Delacroix kein Richter weichherzig sein würde. Seine einzige Hoffnung war der Gouverneur, der im allgemeinen wenig milde bei Leuten war, die ein Dutzend seiner Wähler gebraten hatten.

»Und selbst wenn er keinen Aufschub bekommt, wird diese Maus bis Oktober in die Zigarrenkiste scheißen, vielleicht sogar bis zum Thanksgiving«, wandte Toot ein, aber Brutal merkte, daß Toots Widerstand erlahmte. »Wer wird denn eine Zigarrenkiste kaufen, die von einer Maus als Scheißhaus benutzt wurde?«

»Oh, Mann!« rief Brutal. »Das ist das Blödeste, was ich jemals von dir gehört habe, Toot. Ich meine, das ist die Höhe. Erstens wird Delacroix die Kiste so sauberhalten, daß man daraus essen könnte – bei seiner Liebe für diese Maus wird er die Kiste sauber lecken, wenn es nötig ist.«

»Nun übertreib mal nicht«, sagte Toot-Toot und rümpfte die Nase.

»Zweitens«, fuhr Brutal fort, »ist Mäusescheiße ohnehin keine große Sache. Das sind nur kleine, harte Köttel, die wie Schrotkügelchen aussehen. Die kannst du einfach rausschütteln. Überhaupt kein Problem.«

Toot-Toot erkannte, daß weiterer Protest sinnlos war; er war erfahren genug, um zu wissen, wann er einer scharfen Brise trotzen konnte und wann es besser war, sich einem Hurrikan zu beugen. Dies war nicht gerade ein Hurrikan, aber wir Blaujacken mochten die Maus, es gefiel uns, daß Delacroix die Maus hatte, und das war zumindest ein Sturm. So bekam Delacroix die Zigarrenkiste, und Percy hielt sein Wort – zwei Tage später war der Boden der Kiste mit weicher Baumwollwatte aus der Krankenstation gepolstert. Percy überreichte sie persönlich, und ich konnte die Furcht in Delacroix´ Augen sehen, als er durch die Gitterstäbe griff, um sie entgegenzunehmen. Er befürchtete, Percy würde seine Hand schnappen und ihm die Finger brechen. Ich war ebenfalls besorgt, aber nichts geschah. Das war der Moment, an dem ich Percy fast ein bißchen mochte, aber selbst da konnte ich nicht den Ausdruck kalter Belustigung in seinen Augen übersehen. Delacroix hatte ein Haustier; Percy hatte ebenfalls eins. Delacroix würde seines behalten, verhätscheln und lieben – solange er konnte. Percy würde geduldig warten (jedenfalls so geduldig, wie ein solcher Typ das konnte) und seines dann lebendig verbrennen.

»Das Mäuse-Hilton ist eröffnet«, sagte Harry. »Die einzige Frage ist, wird der kleine Kerl es benutzen?« Die Frage wurde beantwortet, als Delacroix Mr. Jingles auf eine Hand nahm und ihn behutsam in die Zigarrenkiste setzte. Die Maus kuschelte sich in die weiße Watte, und fortan fühlte sie sich darin heimisch, bis ... nun, ich werde zur rechten Zeit zum Ende der Mr. Jingles-Geschichte kommen.

Toot-Toots Befürchtungen, daß sich die Zigarrenkiste mit Mäusekot füllen würde, erwies sich als völlig unbegründet. Ich sah niemals auch nur einen einzigen Köttel darin, und Delacroix sagte das gleiche – nicht einmal in seiner Zelle war einer. Viel später, ungefähr zu dem Zeitpunkt, an dem Brutal mir das Loch im Dachbalken zeigte und wir die gefärbten Holzsplitter fanden, entfernte ich einen Stuhl aus der Ostecke der Gummizelle und fand dort einen kleinen Haufen Mäusekot. Die Maus war anscheinend immer zum selben Platz gegangen, um ihr Geschäft zu verrichten, so weit von der Zelle fort wie möglich. Hier ist noch etwas: Ich sah die Maus niemals pinkeln. Und für gewöhnlich können Mäuse den Wasserhahn kaum für zwei Minuten abstellen, besonders wenn sie fressen. Ich sage es Ihnen, das verdammte Ding war eines von Gottes Geheimnissen.

Ungefähr eine Woche nach Mr. Jingles´ Einzug in die Zigarrenkiste rief Delacroix mich und Brutal zu seiner Zelle, weil er uns etwas zeigen wollte. Das wollte er so oft, daß es uns nervte – wenn Mr. Jingles sich auch nur auf den Rücken rollte und die Pfoten in die Luft streckte, war es für den kleinen Cajun das Niedlichste auf Gottes Erde –, aber diesmal sahen wir etwas wirklich Amüsantes.

Delacroix war nach seiner Verurteilung fast völlig von der Welt vergessen worden, aber er hatte eine Verwandte – eine alte Tante, glaube ich –, die ihm einmal pro Woche schrieb. Sie hatte ihm auch eine große Tüte Pfefferminzbonbons geschickt, die Sorte, die damals unter dem Markennamen Canada Mints verkauft wurde. Die Pfefferminzbonbons sahen wie große pinkfarbene Pillen aus. Delacroix durfte natürlich nicht die ganze Tüte auf einmal haben – es waren fünf Pfund, und er hätte sie verschlungen, bis wir ihn mit Magenkrämpfen auf die Krankenstation hätten bringen müssen. Wie fast jeder Mörder auf der Green Mile hatte er überhaupt keinen Sinn für Mäßigung. Wir gaben ihm jeweils ein halbes Dutzend Pfefferminzbonbons auf einmal, und auch nur dann, wenn er daran dachte, darum zu bitten.

Mr. Jingles saß neben Delacroix auf der Pritsche, als wir dorthin kamen, hielt eines dieser pinkfarbenen Bonbons zwischen den Pfoten und mampfte es zufrieden. Delacroix war einfach überwältigt vor Freude – er benahm sich wie ein Pianist, der seinem fünfjährigen Sohn beim noch zögerlichen Spielen seiner ersten klassischen Passagen zuschaute. Aber verstehen Sie mich nicht falsch; es war *wirklich* lustig, echt zum Schreien. Das Pfefferminzbonbon war halb so groß wie Mr. Jingles, und sein Bauch unter dem weißen Fell war bereits kugelrund aufgebläht.

»Nimm es ihm weg, Eddie«, sagte Brutal halb lachend, halb entsetzt. »Allmächtiger, der frißt, bis er platzt. Ich kann den Pfefferminzgeruch bis hier riechen. Wie viele hast du ihm gegeben?«

»Das ist sein zweites«, antwortete Delacroix und schaute etwas nervös auf Mr. Jingles´ Bauch. »Meinst du wirklich ... du weißt schon ... daß er platzt?«

»Schon möglich«, meinte Brutal.

Das war genug Autorität für Delacroix. Er griff nach dem Pfefferminzbonbon, von dem nur noch die Hälfte übrig war. Ich rechnete damit, daß die Maus ihn beißen würde, aber Mr. Jingles überließ ihm sanftmütig den Rest des Bonbons. Ich blickte zu Brutal, und er schüttelte ein wenig den Kopf, als wollte er sagen, nein, er könne das auch nicht verstehen. Dann ließ sich Mr. Jingles in die Zigarrenkiste plumpsen und legte sich wie ein erschöpfter alter Mann auf die Seite. Wir alle drei mußten bei diesem Anblick lachen. Danach gewöhnten wir uns daran, daß die Maus neben Delacroix saß, ein Pfefferminzbonbon zwischen den Pfoten hielt und so manierlich speiste wie eine alte Lady bei einer nachmittäglichen Teegesellschaft. Und Delacroix und Mr. Jingles waren eingehüllt in den Duft, den ich später in dem Loch im Dachbalken wahrnahm – in den halb bitteren, halb süßen Geruch von Pfefferminzbonbons.

Da gibt es noch eine Sache, die ich Ihnen über Mr. Jingles erzählen sollte, bevor ich mit der Ankunft von William Wharton weitermache, als wirklich ein Orkan über Block E hereinbrach.

Ungefähr eine Woche nach der Sache mit den Pfefferminzbonbons – also exakt zu dem Zeitpunkt, an dem wir uns sagten, daß Delacroix seinen Liebling wohl nicht zu Tode füttern würde – rief uns der Franzose zu seiner Zelle. Ich war vorübergehend allein, Brutal war aus irgendeinem Grund zur Verwaltung gerufen worden, und nach den Vorschriften durfte ich mich unter solchen Umständen keinem Gefangenen nähern. Aber weil ich an einem meiner guten Tage Delacroix beim Kugelstoßen zwanzig Meter weit geworfen hätte, entschied ich mich, gegen die Vorschriften zu verstoßen und mir anzuhören, was er wollte.

»Gucken Sie das an, Boß Edgecombe«, sagte er. »Sie gleich sehen, was Mr. Jingles tun kann!« Er griff hinter die Zigarrenkiste und zog eine kleine hölzerne Rolle hervor, eine Garnspule ohne Garn.

»Woher hast du die?« fragte ich, obwohl ich es zu wissen glaubte. Es gab wirklich nur eine Person, von der er die Rolle bekommen haben konnte.

»Von Toot-Toot«, sagte er. »Schauen Sie zu, Boß.«

Ich schaute bereits zu und sah Mr. Jingles in seiner Zigarrenkiste, wie er sich aufstellte und sich mit den Vorderpfoten am Rand der Kiste stützte, die schwarzen Augen auf die Rolle gerichtet, die Delacroix zwischen Daumen und Zeigefinger seiner rechten Hand hielt. Ich fühlte, daß es mir kalt den Rücken hinunterlief. Ich hatte noch nie gesehen, daß eine Maus etwas mit soviel Eifer – mit soviel *Intelligenz* – vorgeführt hatte, und ich habe es seither nie wieder erlebt. Ich kann wirklich nicht glauben, daß Mr. Jingles ein übernatürlicher Besucher war, und wenn ich bei Ihnen diesen Eindruck erweckt habe, tut es mir leid, aber ich habe nie bezweifelt, daß er ein Genie seiner Art war.

Delacroix beugte sich vor und rollte die garnlose Spule über den Zellenboden. Sie rollte ganz leicht und gleichmäßig – wie zwei Räder, die durch eine Achse verbunden sind. Die Maus war wie der Blitz aus der Kiste heraus und flitzte hinter der Rolle her wie ein Hund hinter einem Stock. Ich stieß einen Laut der Überraschung aus, und Delacroix lächelte.

Die Spule rollte gegen die Wand und prallte zurück. Mr. Jingles umrundete sie und schob sie zurück zur Pritsche, wobei er von einem Ende der Rolle zum anderen wechselte, wenn es so aussah, als würde sie vom Kurs abweichen. Er schob die Rolle bis gegen Delacroix´ Fuß. Dann blickte er auf, als wollte er sich vergewissern, daß Delacroix keine dringenderen Aufgaben mehr für ihn hatte (vielleicht das Lösen eines arithmetischen Problems oder die grammatische Analyse eines lateinischen Textes). Offensichtlich zufrieden nach dieser Runde, kehrte die Maus in die Zigarrenkiste zurück und machte es sich darin gemütlich.

»Du hast ihm das beigebracht«, stellte ich fest.

»Jawohl, Boß Edgecombe«, sagte Delacroix breit lächelnd. »Er ´olt die Rolle jedes Mal. Verdammt gerissen, nix wahr?«

»Und die Spule?« fragte ich. »Woher wußtest du, daß du so etwas für *ihn* besorgen sollst?«

»Er ´at mir in die Ohr geflüstert, daß er sie will«, antwortete Delacroix mit heiterer Gelassenheit. »Genau wie geflüstert seine Name.«

Delacroix zeigte all den anderen Jungs Mr. Jingles' Trick ... allen außer Percy. Für Delacroix zählte nicht, daß Percy den Vorschlag mit der

Zigarrenkiste gemacht und die Watte für ihn besorgt hatte. Delacroix war wie einige Hunde; wenn man sie einmal tritt, vertrauen sie einem nie wieder, ganz gleich, wie nett man zu ihnen ist.

Ich kann Delacroix noch jetzt hören, wie er ruft: *»Hey, ihr Leute! Kommen und sehen, was Mr. Jingles kann!«* Und dann drängten sich Blau-Uniformierte vor der Zelle – Brutal, Harry, Dean und sogar Bill Dodge. Und alle waren verblüfft und staunten wie ich, als ich das zum erstenmal gesehen hatte.

Drei oder vier Tage nach der Uraufführung von Mr. Jingles' Trick mit der Spule stöberte Harry Terwilliger in dem Material für Kunst- und Bastelarbeiten, das wir in einer Ecke der Gummizelle aufbewahrten. Er fand die Buntstifte und brachte sie mit einem Lächeln zu Delacroix, das fast verlegen wirkte. »Ich dachte mir, du möchtest die Rolle vielleicht in verschiedenen Farben bemalen«, sagte er. »Dann wäre dein kleiner Freund wie eine Zirkusmaus oder so.«

»Eine Zirkusmaus!« Delacroix sah völlig verzückt und glücklich aus. Ich nehme an, er *war* wirklich glücklich, vielleicht zum erstenmal in seinem ganzen erbärmlichen Leben. »Das ist er ja auch! Eine Zirkusmaus! Wenn ich ´ier raus bin, wird er mich reich machen wie die Star von eine Zirkus. Ihr werdet sehen!«

Percy Wetmore hätte Delacroix zweifellos darauf hingewiesen, daß er beim Verlassen von Cold Mountain in einem Ambulanzwagen liegen würde, dessen Blaulicht oder Sirene nicht eingeschaltet zu werden brauchte, aber Harry war feinfühliger. Er riet Delacroix nur, die Spule möglichst schnell bunt anzustreichen, weil er die Buntstifte nach dem Abendessen zurückbringen mußte.

Del färbte die Rolle schön bunt. Als er fertig war, leuchtete ein Ende der Rolle gelb, das andere war grün, die Mitte war feuerrot. Wir gewöhnten uns daran, daß Delacroix trompetete: *»Maintenant, mésieurs et mesdames! Le cirque présentement le mous' amusant et amazeant!«* Er sprach zwar nicht genau so, aber es gibt Ihnen eine Vorstellung von seinem seltsamen Französisch. Dann stieß er diesen langgezogenen kehligen Laut aus – ich nehme an, es sollte ein Trommelwirbel sein – und rollte die Spule. Mr. Jingles flitzte hinterher und rollte sie mit der Nase oder sogar den Pfoten zurück – und das war wirklich eine Show, für die man bezahlt hätte, um sie in einem Zirkus zu sehen, finde ich. Delacroix und der Auftritt seiner Maus mit der buntbemalten Spule war unser Hauptvergnügen zu der Zeit, als John Coffey in unsere Obhut kam, und so blieben die Dinge für eine Weile. Dann meldete sich meine Blaseninfektion zurück, die eine Zeitlang Ruhe gegeben hatte, und William Wharton traf ein, und der Teufel war los.

10

Die meisten Daten habe ich vergessen. Ich nehme an, ich könnte meine Enkelin Danielle bitten, einige davon aus Zeitungsarchiven herauszusuchen, aber was hätte das für einen Sinn? Die wichtigsten Daten stehen ohnehin nicht in den Zeitungen, zum Beispiel der Tag, an dem wir zu Delacroix´ Zelle gingen und die Maus auf seiner Schulter sitzen sahen, oder der Tag, an dem William Wharton zum Block kam und beinahe Dean Stanton umbrachte. Vielleicht ist es besser, so weiterzumachen wie bisher. Letzten Endes interessiert das Datum nicht besonders, wenn man sich erinnert, was man erlebt hat, und es in die richtige Reihenfolge bringt.

Ich weiß, daß sich die Dinge ein bißchen drängten. Als ich schließlich Delacroix´ Hinrichtungspapiere mit dem Termin von Curtis Andersons Büro erhielt, stellte ich erstaunt fest, daß das Datum des Rendezvous unseres Cajuns mit Old Sparky etwas vorverlegt worden war, eine Sache, die fast beispiellos war, sogar in jenen Tagen, in denen man noch nicht Himmel und Hölle in Bewegung setzen mußte, um jemanden hinzurichten. Es war ein Unterschied von zwei Tagen, glaube ich, vom siebenundzwanzigsten Oktober auf den fünfundzwanzigsten. Nageln Sie mich nicht auf den genauen Tag fest, aber ich weiß, daß ich nahe dran bin. Ich erinnere mich, daß ich dachte, Toot-Toot würde seine Corona-Zigarrenkiste sogar früher zurückbekommen als erwartet.

Wharton hingegen kam später als erwartet zu uns. Zum einen dauerte sein Prozeß vier oder fünf Tage länger, als Andersons für gewöhnlich verläßliche Quellen gedacht hatten (bei Wild Billy konnte man sich auf *nichts* verlassen, wie wir bald feststellen würden, einschließlich unserer in Jahren bewährten und angeblich narrensicheren Methoden der Gefangenenbewachung). Dann, nachdem er für schuldig befunden worden war – immerhin etwas, das nach Plan verlief –, wurde er zu Untersuchungen ins Indianola General Hospital eingeliefert. Er hatte während des Prozesses eine Reihe von angeblichen Anfällen gehabt, zweimal so ernst, daß er auf den Boden knallte, wo er zitternd und zuckend herumlag und um sich schlug. Whartons Pflichtanwalt behauptete, Wharton leide an Epilepsie und sei unzurechnungsfähig gewesen, als er die Verbrechen begangen habe; die Anklage behauptete, seine Anfälle seien simuliert, die Schauspielerei eines Feiglings, der verzweifelt sein Leben retten wollte. Nachdem die Jury die sogenannten ›epileptischen Anfälle‹ mit eigenen Augen gesehen hatte, entschied sie auf Schauspielerei. Der Richter war gleicher Meinung, ordnete jedoch nach dem Schuldspruch an, daß vor der Vollstreckung des Urteils eine Reihe von Untersuchungen durchgeführt werden sollten. Gott weiß, warum; vielleicht war der Richter nur neugierig.

Es war ein Wunder, daß Wharton nicht aus dem Krankenhaus flüchtete (und keinem von uns entging die Ironie, daß Direktor Moores'

Frau Melinda zur selben Zeit im selben Krankenhaus war), aber er tat es nicht. Ich nehme an, er war von Bewachern umstellt worden und hatte immer noch die Hoffnung, auf Grund seiner Epilepsie – wenn es sie gab – für unzurechnungsfähig erklärt zu werden.

Das war nicht der Fall. Die Ärzte stellten fest, daß mit seinem Gehirn alles in Ordnung war – jedenfalls physiologisch –, und Billy ›the Kid‹ Wharton wurde nach Cold Mountain überführt. Das muß um den achtzehnten Oktober herum gewesen sein, denn ich erinnere mich, daß Wharton ungefähr zwei Wochen nach John Coffey und eine Woche vor Delacroix´ Hinrichtung eintraf.

Der Tag, an dem sich unser neuer Psychopath zu uns gesellte, war ein ereignisreicher für mich. Ich wachte um vier Uhr morgens auf, in meinem Unterleib hatte ich rasende Schmerzen, und mein Penis war heiß und geschwollen. Noch bevor ich die Füße aus dem Bett schwang, wußte ich, daß sich meine Blaseninfektion nicht gebessert hatte, wie ich gehofft hatte. Es war nur eine kurze Phase der Besserung gewesen, und die war vorüber.

Ich ging hinaus aufs Plumpsklo, um mein Geschäft zu erledigen – das war mindestens drei Jahre vor unserem ersten Wasserklosett –, und hatte gerade den Holzstapel an der Ecke des Hauses erreicht, als mir klarwurde, daß ich das Wasser nicht länger bei mir behalten konnte. Ich konnte nur noch meine Pyjamahose runterziehen, und dann floß der Urin bereits, und dieses Fließen wurde vom quälendsten Schmerz meines ganzen Lebens begleitet. Ich hatte 1956 einen Gallenstein, und ich weiß, daß die Leute das für das Schlimmste halten, aber im Vergleich zu den unerträglichen Schmerzen durch die Blaseninfektion war der Gallenstein wie eine leichte Magenverstimmung.

Meine Knie gaben nach, und ich fiel auf sie nieder, wobei die Naht meines Pyjamahosenbodens aufriß, als ich die Beine spreizte, um das Gleichgewicht zu wahren und nicht kopfüber in die Lache meiner eigenen Pisse zu fallen. Es wäre vielleicht trotzdem passiert, wenn ich mich nicht mit der linken Hand an einem der Scheite des Holzstapels gestützt hätte. All diese Einzelheiten hätten jedoch in Australien oder sogar auf einem anderen Planeten stattfinden können. Ich nahm nur den Schmerz wahr, der mich förmlich entflammt hatte; mein Unterleib brannte, und mein Penis – den ich meistens vergessen hatte, wenn er mir nicht das größte körperliche Vergnügen bereitete, das ein Mann empfinden kann – fühlte sich jetzt an, als würde er schmelzen. Als ich hinabblickte, rechnete ich damit, Blut herausspritzen zu sehen, aber es war anscheinend ein ganz normaler Strahl Urin.

Ich klammerte mich mit einer Hand an den Holzstapel und preßte die andere auf den Mund, um meine Frau nicht mit einem Schrei zu wecken. Ich hatte den Eindruck, eine Ewigkeit zu pinkeln, aber schließlich versiegte der Strahl. Unterdessen war der Schmerz tief in meinen Magen und meine Hoden gedrungen, und ich meinte, mit rostigen Zähnen zerfleischt zu werden. Eine lange Zeit – es mochte etwa eine Minute gewesen sein – war ich körperlich nicht in der Lage, aufzustehen. Schließlich ließ der Schmerz ein wenig nach, und ich kämpfte mich auf die Füße. Ich schaute meinen Urin an, der bereits vom Boden aufgesogen wurde, und fragte mich, wie ein vernünftiger Gott eine Welt machen konnte, in der das Ausscheiden von einem bißchen Flüssigkeit solche schrecklichen Schmerzen hervorrief.

Ich sagte mir, daß ich mich krankmelden und doch zu Dr. Sadler gehen würde. Ich konnte den Geruch und die Nebenwirkungen – zum Beispiel Übelkeit – von Dr. Sadlers Sulfattabletten nicht ausstehen, aber alles würde besser sein, als neben einem Holzstapel zu knien und Schreie zu unterdrücken, während mein Penis meldete, daß er offenbar mit Petroleum überschüttet und angezündet worden war. Als ich dann in unserer Küche Aspirin schluckte und Janice leise im Schlafzimmer schnarchen hörte, fiel mir ein, daß an diesem Tag William Wharton in Block E eintreffen und Brutal nicht da sein würde. Brutal arbeitete laut Dienstplan in einem anderen Teil des Gefängnisses, half beim Umzug der Bücherei und übriggebliebener Ausrüstung der Krankenstation in das neue Gebäude. Trotz meiner Schmerzen wollte ich Wharton nicht Dean und Harry überlassen. Sie waren gute Männer, aber in Curtis Andersons Bericht stand, daß William Wharton außergewöhnlich gefährlich war. DIESEM MANN IST ALLES EGAL, hatte er geschrieben und dick unterstrichen.

Inzwischen hatte der Schmerz etwas nachgelassen, und ich konnte denken. Ich hielt es für die beste Idee, früh zum Gefängnis zu fahren. Ich konnte um sechs dort sein, zu der Zeit, in der Direktor Moores für gewöhnlich eintraf. Er konnte Brutus Howell für Whartons Empfang zum Block E zurückbeordern, und ich wollte danach meinen lange überfälligen Besuch beim Arzt machen. Cold Mountain lag praktisch auf meinem Weg. Auf der zwanzig Meilen langen Fahrt zum Gefängnis überfiel mich zweimal ein plötzlicher Harndrang. Beide Male konnte ich ich am Straßenrand stoppen und das Problem lösen, ohne daß es peinlich für mich wurde (zu dieser frühen Stunde herrschte kaum Verkehr auf dieser Landstraße). Keine dieser beiden Entleerungen war so schmerzhaft wie diejenige auf dem Weg zum Klo, die mich von den Beinen geholt hatte, aber beide Male mußte ich mich an den Türgriff meines kleinen Ford Coupés klammern, um nicht auf die Knie zu gehen, und ich spürte, wie Schweiß über mein heißes Gesicht rann. Ich war krank, ja, widerlich krank.

Ich schaffte es jedoch, durch das Südtor in den Gefängniskomplex zu fahren und an meinem üblichen Platz zu parken, und dann machte ich mich sofort auf den Weg zum Direktor. Es ging auf sechs Uhr zu. Miss Hannahs Büro war verwaist – sie würde erst zu einer relativ zivilisierten Zeit, so gegen sieben, eintreffen –, aber in Moores´ Büro brannte Licht; ich sah es durch die Milchglasscheibe. Ich klopfte flüchtig an und öffnete die Tür. Moores blickte auf, erschreckt, jemanden zu dieser ungewöhnlichen Stunde zu sehen, und ich hätte viel darum gegeben, ihn nicht in dieser Verfassung überrascht zu haben. Sein weißes Haar, normalerweise sorgfältig gekämmt, stand wirr ab, und er versuchte offenbar, Ordnung hineinzubringen, als ich eintrat. Seine Augen waren gerötet, das Gesicht war geschwollen. Seine Schüttellähmung war schlimmer, als ich sie jemals gesehen hatte; er sah aus wie ein Mann, der soeben nach einer langen Wanderung durch eine schrecklich kalte Nacht zurückgekehrt war. »Hal, entschuldigen Sie, ich komme später ...« begann ich.

»Nein«, unterbrach er mich. »Bitte, Paul, kommen Sie rein. Kommen Sie rein, und schließen Sie die Tür. Ich brauche jetzt jemanden. Wenn ich jemals in meinem ganzen Leben jemanden gebraucht habe, dann jetzt. Kommen Sie rein, und schließen Sie die Tür.« Ich tat, was er verlangte, und vergaß zum erstenmal nach dem Erwachen an diesem Morgen meine Schmerzen.

»Meine Frau hat einen Gehirntumor«, begann Moores. »Die Ärzte haben Röntgenaufnahmen davon gemacht. Sie waren anscheinend sehr zufrieden damit. Einer von ihnen sagte, es seien die besten, die sie jemals gehabt hätten, jedenfalls bis jetzt; er sagte, sie werden sie in einer großen ärztlichen Fachzeitschrift in New England veröffentlichen. Der Tumor ist so groß wie eine Zitrone, sagten sie, und geht tief nach innen, wo sie nicht operieren können. Sie sagten, daß sie bis Weihnachten tot sein wird. Ich habe es ihr nicht erzählt. Ich weiß nicht, wie ... Ich weiß es beim besten Willen nicht.« Dann begann er zu weinen, und sein Schluchzen und Heulen erfüllte mich mit Mitleid und einer Art Entsetzen – wenn ein Mann, der sich stets so beherrscht wie Hal Moores, schließlich die Kontrolle über sich verliert, ist das ein schlimmer Anblick. Ich stand einen Moment lang da, und dann ging ich zu ihm und legte einen Arm um seine Schulter. Er klammerte sich mit beiden Händen an mich wie ein Ertrinkender und begann noch hemmungsloser zu schluchzen. Später, als er sich wieder unter Kontrolle hatte, entschuldigte er sich. Er sah mir dabei nicht in die Augen. Er wirkte wie ein Mann, der sich furchtbar schämt, weil er sich so hat gehenlassen, vielleicht so sehr schämt, daß er nie darüber hinwegkommt. Manche Leute können denjenigen sogar hassen, der sie in einer solchen Verfassung gesehen hat. Ich sagte mir, daß Direktor Moores nicht zu diesen Leuten zählte, aber es kam mir nie in den Sinn, jetzt noch zu erledigen, was ich ursprünglich vorgehabt hatte, und als ich Moores´ Büro verließ, ging ich hinüber zu Block E, und nicht zurück zu meinem Wagen. Das Aspirin wirkte inzwischen, und der Schmerz in meinem Unterleib war gedämpft. Ich nahm an, daß ich den Tag irgendwie überstehen würde. Ich würde Wharton in Empfang nehmen, am Nachmittag noch einmal mit Hal Moores sprechen und mich für morgen krankmelden. Das Schlimmste hatte ich hinter mir, so dachte ich, und ich hatte nicht die geringste Ahnung, daß das größte Unheil dieses Tages noch nicht einmal begonnen hatte.

11

»Wir dachten, er wäre noch gedopt von den Untersuchungen«, sagte Dean am späten Nachmittag. Seine Stimme war leise und rauh, fast krächzend, und er hatte blaue Flecken am Hals. Ich sah ihm an, daß ihm das Sprechen Schmerzen bereitete, und ich wollte ihn auffordern, es sein zu lassen, doch manchmal schmerzt es mehr zu schweigen. Dies war vermutlich so ein Augenblick, und ich hielt den Mund. »Wir alle dachten, er wäre noch halb betäubt, nicht wahr?« krächzte Dean.

Harry Terwilliger nickte. Sogar Percy, der sich abgesondert hatte und sich selbst auf seiner kleinen, verdrossenen Ein-Mann-Party genug war, nickte zustimmend. Brutal schaute zu mir, und für einen Moment trafen sich unsere Blicke. Wir dachten so ziemlich das gleiche, nämlich daß es nun mal passiert war. Man denkt, man hat alles im Griff, alles läuft prima, dann macht man einen Fehler, und ehe man sich versieht, fällt das ganze Kartenhaus in sich zusammen. Sie hatten gedacht, er wäre gedopt, eine durchaus vernünftige Annahme, aber keiner hatte *gefragt*, ob er nach den Untersuchungen tatsächlich noch unter Beruhigungsmitteln stand. Ich glaubte, noch etwas anderes in Brutals Augen zu sehen: Harry und Dean würden aus ihrem Fehler lernen. Besonders Dean, der dabei leicht hätte draufgehen können. Percy würde nicht lernen. Vielleicht konnte er das nicht. Percy konnte sich nur in eine Ecke hocken und schmollen, weil er wieder Mist gebaut hatte.

Sieben Mann fuhren rauf nach Indianola, um Wild Bill Wharton abzuholen: Harry, Dean, Percy und zwei andere Wärter hinten im Transporter (ich habe ihre Namen vergessen, obwohl ich überzeugt bin, daß ich sie einst wußte), plus zwei, die vorne saßen. Sie fuhren mit dem Wagen, den wir die Postkutsche nannten – ein Ford-Truck, der mit Stahl verstärkt worden war und angeblich kugelsichere Scheiben hatte. Der Truck sah aus wie eine Kreuzung zwischen einem Milchtransporter und einem gepanzerten Wagen.

Harry Terwilliger war der Leiter der Expedition. Er überreichte dem County Sheriff (nicht Homer Cribus, sondern einem anderen gewählten Bauerntrampel, kann ich mir vorstellen) die Papiere und bekam im Austausch Mr. William Wharton überreicht – den Höllenhund *extraordinaire*, wie Delacroix vielleicht gesagt hätte. Eine Gefängnisuniform von Cold Mountain war vorausgeschickt worden, aber der Sheriff und seine Männer hatten sich nicht die Mühe gemacht, Wharton hineinzustecken; das überließen sie unseren Jungs. Wharton trug einen Krankenhauspyjama aus Baumwolle und billige Pantoffeln, als sie ihn zum erstenmal im zweiten Stock des Krankenhauses trafen, ein knochiger Mann, schmales, pickeliges Gesicht und langes blondes Haar. Sein Gesäß, ebenfalls schmal und mit Pickeln bedeckt, ragte hinten aus der Pyjamahose raus. Das war der Teil von ihm, den Harry und die anderen zuerst sahen, denn Wharton stand am Fenster und schaute auf den Parkplatz, als sie eintraten. Er drehte sich nicht um, sondern verharrte einfach in seiner Haltung, hielt mit einer Hand den Vorhang zurück, stumm wie eine Puppe, während sich Harry beim County Sheriff beschwerte, weil er und seine Männer zu faul gewesen seien, Wharton die blaue Gefängniskluft zu verpassen, und der County Sheriff ihm daraufhin einen Vortrag hielt – wozu jeder Staatsbeamte, den ich kennengelernt habe, sich anscheinend verpflichtet fühlt –, was seine Aufgabe war und was nicht.

Als Harry diesen Teil satt hatte (ich bezweifle, daß es lange dauerte), befahl er Wharton, sich umzudrehen. Wharton tat es. Dean erzählte uns mit seiner heiseren, halb erstickten Stimme, daß Wharton genauso wie die anderen tausend Hinterwäldler-Verbrecher aussah, mit denen wir im Laufe all der Jahre in Cold Mountain zusammengetroffen waren. Dieses Aussehen auf einen Nenner gebracht, ergibt einen Blödmann mit einer bösartigen Ader. Manchmal entdeckte man auch eine feige Ader in ihnen, wenn sie mit dem Rücken zur Wand standen, aber meistens zeichneten sie sich durch nichts als Kampflust und Boshaftigkeit und noch mehr Kampflust und Boshaftigkeit aus. Es gibt Leute, die etwas Tapferes in Typen wie Billy Wharton sehen, aber ich zähle nicht dazu. Auch eine Ratte kämpft, wenn sie in die Enge getrieben ist. Das Gesicht dieses Mannes hatte anscheinend nicht mehr Persönlichkeit als sein pickeliger Hintern, wie Dean sagte. Das Gesicht wirkte schlaff, der Blick war leer, die Schultern hingen, seine Arme baumelten hinab. Er sah aus, als sei er mit Morphium vollgepumpt worden, in allen Fasern so zugedröhnt wie alle Rauchgiftsüchtigen, die sie gesehen hatten.

An dieser Stelle nickte Percy verdrossen.

»Anziehen«, sagte Harry und wies auf die Gefängniskluft am Fußende des Bettes – sie war aus dem braunen Papier gewickelt, aber sonst nicht angerührt worden. Sie war noch so gefaltet, wie sie die Gefängniswäscherei verlassen hatte. Weiße Boxershorts lugten aus einem Ärmel hervor und weiße Socken aus dem anderen.

Wharton wirkte bereitwillig genug, um zu gehorchen, kam aber ohne Hilfe nicht weit. Er schaffte es, die Boxershorts anzuziehen, doch bei der Hose versuchte er, beide Beine ins selbe Hosenbein zu schieben. Schließlich half Dean, schob die Füße hinein, wo sie hinein gehörten, zog die Hose hoch, verschloß den Schlitz und schnallte den Gürtel zu. Wharton stand nur da und versuchte nicht mal zu helfen, als er sah, daß Dean ihm die Arbeit abnahm. Er starrte mit leerem Blick durch das Zimmer, ließ die Arme locker hinunterhängen, und keinem kam in den Sinn, daß er sich verstellte. Nicht in der Hoffnung zu entkommen (das glaube ich jedenfalls), sondern nur in der Hoffnung, ein Maximum an Problemen zu machen, wenn der richtige Zeitpunkt kam.

Die Papiere wurden unterzeichnet. William Wharton, der mit seiner Festnahme Besitz des

Countys geworden war, wurde jetzt Besitz des Staates. Er wurde die Treppe hinunter und durch die Küche geführt, umgeben von Blau-Uniformierten. Er ging schleppend, den Kopf gesenkt, die Hände mit den langen Fingern in ständiger Bewegung. Als ihm das erstemal die Mütze vom Kopf rutschte, setzte Dean sie ihm wieder auf. Beim zweitenmal schob Dean sie einfach in seine eigene Gesäßtasche.

Wharton hatte eine weitere Möglichkeit, Probleme zu machen, als sie ihn im Tansporter fesselten, doch er nutzte sie nicht. Wenn er etwas dachte (und selbst jetzt bin ich mir nicht sicher, ob er dachte, und wenn, wieviel), dann mußte er sich gesagt haben, daß es in dem Transporter zu eng und die Zahl der Bewacher zu groß für einen erfolgreichen Angriff war. So wurde er in Ketten gelegt, ein Paar zwischen den Knöcheln, ein anderes – zu langes, wie sich herausstellte – zwischen den Handgelenken.

Die Fahrt nach Cold Mountain dauerte eine Stunde. Während der ganzen Zeit saß Wharton auf der linken Bank beim Führerhaus. Er hielt den Kopf gesenkt, und die gefesselten Hände baumelten zwischen den Knien. Dann und wann summte er ein bißchen vor sich hin, sagte Harry, und Percy regte sich auf und beschwerte sich, daß der Blödmann mit seiner vorstehenden Unterlippe Speichel verspritzte, immer ein Tröpfchen, bis eine kleine Lache zwischen seinen Füßen entstanden war. Wie ein Hund, der an einem heißen Sommertag von der Zungenspitze sabbert.

Sie fuhren durch das Südtor ins Gefängnis, an meinem Wagen vorbei, nehme ich an. Der Wärter öffnete das große Tor zwischen Parkplatz und Gefängnishof, und die Postkutsche fuhr hindurch. Auf dem Hof war nicht viel los. Es waren nur wenige Männer draußen, die meisten arbeiteten im Garten. Es müßte Kürbiszeit gewesen sein. Sie fuhren zu Block E und stoppten. Der Fahrer öffnete die Wagentür, lobte die gute Zusammenarbeit mit den Kollegen und erklärte, er würde die Postkutsche rüber zur Fahrbereitschaft fahren, um das Öl wechseln zu lassen. Die zusätzlichen Wärter fuhren mit ihm. Sie saßen hinten im Wagen und aßen Äpfel – die Türen des Wagens standen offen.

Blieben Dean, Harry und Percy mit einem gefesselten Gefangenen. Das hätten genug Wärter sein sollen, und es wären auch genug gewesen, wenn sie sich nicht von dem dürren Hinterwäldler hätten einlullen lassen, der mit gesenktem Kopf und Fesseln an den Füßen und Handgelenken dastand. Sie führten ihn die circa zwölf Schritte zur Tür von Block E in der gleichen Formation, in der wir Gefangene über die Green Mile eskortierten. Harry ging links von dem Gefangenen, Dean rechts, und Percy folgte mit dem Schlagstock in der Hand hinter Wharton. Das mit dem Schlagstock hat mir keiner erzählt, aber ich wußte verdammt genau, daß Percy ihn in der Hand hatte. Percy war vernarrt in diesen Hickoryknüppel. Was mich anbetrifft, so saß ich in Whartons Heim, in dem er wohnen würde, bis er in den brisantesten Raum verlegt werden würde – erste Zelle rechts, wenn man über den Gang in Richtung Gummizelle geht. Ich hatte mein Klemmbrett in den Händen und wollte nur meine kleine Ansprache halten und dann höllisch schnell verschwinden. Mein Unterleib schmerzte wieder stärker, und ich wollte nur in mein Büro gehen und darauf warten, daß die Pein vorüberging.

Dean trat vor, um die Tür aufzuschließen. Er wählte den richtigen Schlüssel vom Bund an seinem Gürtel und schob ihn ins Schloß. Wharton wurde lebendig, als Dean den Schlüssel im Schloß drehte und die Tür aufzog. Er stieß einen schrillen Schrei aus – eine Art Kriegsgeschrei –, bei dem Harry vorübergehend erstarrte und Percy Wetmore vermutlich für den Rest der Ereignisse die Nerven verlor. Ich hörte diesen Schrei durch die Tür, die einen Spaltbreit offen stand, und brachte ihn zuerst nicht mit etwas Menschlichem in Verbindung; ich dachte, ein Hund wäre irgendwie in den Hof gelangt und vielleicht von einem jähzornigen Wärter mit einer Hacke geschlagen worden.

Wharton riß die Arme hoch, streifte die Kette, die zwischen seinen Handgelenken hing, über Deans Kopf und begann ihn damit zu würgen. Dean stieß einen erstickten Schrei aus und taumelte vorwärts, in das kalte elektrische Licht unserer kleinen Welt. Wharton folgte ihm gern, gab ihm sogar noch einen Stoß, und die ganze Zeit brüllte und murmelte er, lachte sogar. Er hielt die Arme erhoben, die Fäuste an Deans Ohren, spannte die Kette so fest, wie er konnte, und sägte damit hin und her. Harry sprang Wharton von hinten an, krallte eine Hand in das fettige blonde Haar unseres Neuzugangs und schlug ihm die andere Faust seitlich ins Gesicht, so hart er konnte. Er hatte ebenfalls einen Schlagstock und eine Pistole, doch in seiner Aufregung dachte er nicht daran. Wir hatten auch zuvor schon mal Schwierigkeiten mit Gefangenen gehabt, klar, aber keiner hatte einen von uns je so überrascht wie Wharton. Die Verschlagenheit dieses Kerls ging über unsere Erfahrung hinaus. Ich hatte so etwas noch nie zuvor gesehen und habe es auch nie wieder erlebt.

Und er war stark. All diese schlaffe Lockerkeit war verschwunden. Harry sagte später, er habe das Gefühl gehabt, gegen ein Bündel von Stahlfedern zu springen, die plötzlich irgendwie zum Leben erwacht waren. Wharton, jetzt auf dem Gang und nahe beim Wachpult, wirbelte nach links und schleuderte Harry zurück. Harry prallte gegen das Pult und ging zu Boden.

»Jucheee, Jungs!« Wharton lachte. *»Das ist ´ne Party, was?«*

Immer noch schreiend und lachend, würgte Wharton weiterhin Dean mit der Kette. Warum nicht? Wharton wußte, was auch Dean klar war: Man konnte ihn nur einmal braten.

»Schlag ihn, Percy, schlag ihn!« schrie Harry und kämpfte sich auf die Füße. Aber Percy stand nur da, den Hickoryschlagstock in der Hand, die Augen so weit aufgerissen wie sonst sein Maul. Da war die Chance, auf die er gewartet hatte, hätte man sagen können, die einmalige Gelegenheit, diesen Knüppel mal sinnvoll einzusetzen, und er war zu erschreckt und verwirrt, um es zu tun. Dies war kein verängstigter kleiner Franzose oder apathischer schwarzer Riese, der mal aus der Haut gefahren war; dies war ein wirbelnder Teufel.

Ich ließ mein Klemmbrett fallen, sprang aus der Zelle, die für Wharton bestimmt war, und zog meinen 38er. Zum zweitenmal an diesem Tag vergaß ich die Infektion, die meinen Unterleib erhitzte. Ich habe nicht bezweifelt, was die anderen von Whartons ausdruckslosem Gesicht und seinem leeren Blick erzählten, aber das war nicht der Wharton, den ich sah. Was ich sah, war das verzerrte Gesicht eines Tieres ... nicht das eines intelligenten, sondern eines Tieres, das von Verschlagenheit und Bösartigkeit ... und Freude erfüllt war. Ja. Er tat das, wozu er bestimmt war. Der Ort und die Umstände spielten keine Rolle. Das andere, was ich sah, war Dean Stantons hochrotes, geschwollenes Gesicht. Er war dabei, vor meinen Augen zu sterben. Wharton sah die Waffe und drehte Dean darauf zu. Wenn ich geschossen hätte, wäre Dean mit an Sicherheit grenzender Wahrscheinlichkeit mit draufgegangen. Über Deans Schulter funkelte mich ein blaues Auge an: Schieß doch!

FORTSETZUNG FOLGT

Der Alptraum setzt sich fort ...

Im dritten Band beschäftigt sich Gefängniswärter Paul Edgecombe beinahe gegen seinen Willen mit John Coffey – wer war dieser Mann, und wo kam er her?

Natürlich spielt Mr. Jingles wieder eine Hauptrolle – seine Tricks werden immer ausgefeilter. Und Delacroix bereitet sich auf den Tag des Abschieds vor.

Wild Bild Wharton und Percy Wetmore geraten aneinander – für den scheinbar gewandelten Percy hätte es leicht tödlich enden können.

Bei der Probe zu Delacroix' Exekution geht alles glatt – Percy hat seinen Part gut gespielt. Wenn nur sein Haß auf den schmächtigen Franzosen und seinen zirkusreifen Mr. Jingles nicht gewesen wäre ...

COFFEYS HÄNDE

ist der Titel von Teil 3 des großen Stephen King Romans

THE GREEN MILE

In vier Wochen – überall, wo's Taschenbücher gibt.